L'EXÉCUTEUR

MAIN BASSE SUR LE STRIP

DISPONIBLES DANS LA MÊME COLLECTION

N° 175 : *Les mercenaires du diable*
N° 176 : *La bataille de Rapid City*
N° 178 : *Alerte rouge au Pentagone*
N° 179 : *La loi du sang*
N° 180 : *Blitz éclair à Hollandia*
N° 181 : *Clash mortel sur Philadelphie*
N° 182 : *Les Triades sanglantes*
N° 183 : *Les démons du Pacifique*
N° 184 : *Carnage à Waco*
N° 185 : *Plein feu sur Barranquilla*
N° 186 : *Mortel combat au Sri Lanka*
N° 187 : *Nuit d'enfer pour la mafia*
N° 188 : *Enchères mortelles à Aden*
N° 189 : *Un duel sans merci*
N° 190 : *Musique funèbre pour un mafieux*
N° 191 : *Panique à Panamá City*
N° 192 : *Mousson sanglante sur Wan Ban*
N° 193 : *Les fossoyeurs de Manhattan*
N° 194 : *Par le feu et par le sang*
N° 195 : *Traquenard à Tijuana*
N° 196 : *Razzia au Costa Rica*
N° 197 : *Echec et mat pour un pourri*
N° 198 : *Massacre à Miami*
N° 199 : *Les cokeros de Cochabamba*
N° 200 : *Mourir à Belize*
N° 201 : *Hallali à Cincinnati*
N° 202 : *Le Baiser de la Pieuvre*
N° 203 : *Mortel assaut sur San Diego*
N° 204 : *Le capo de Peshawar*
N° 205 : *Ultime conspiration*
N° 206 : *Frères de sang*
N° 207 : *Le jour du jugement*
N° 208 : *L'As noir de Washington*
N° 209 : *Les bouchers de l'Amazone*
N° 210 : *Les chiens blancs de Lagos*
N° 211 : *Requiem péruvien*
N° 212 : *Les otages de Regina City*
N° 213 : *Les tueurs du plan Attila*
H. S. : *Mortelle intox à Howling Coyote*
N° 214 : *Les sables de l'Apocalypse*
N° 215 : *Chicago Connection*
N° 216 : *Chasse à l'homme à Houston*
H. S. : *Le retour à Pittsfield*
N° 217 : *Typhon sur Manille*
N° 218 : *Marchands de mort*
N° 219 : *Une infiltration à haut risque*
N° 220 : *Tonnerre sur Cleveland*
N° 221 : *Le trésor de la mafia*
N° 222 : *Escale mortelle à Heathrow*
N° 223 : *Fatal tandem*
H. S. : *Coïncidences mortelles*
N° 224 : *Les vampires de Washington*
N° 225 : *Opération Salvamento*
N° 226 : *Feu d'enfer sur l'Arctique*
N° 227 : *Typhon sanglant sur Dimbula*
N° 228 : *Les diamants de la terreur*
N° 229 : *Le capo de Bornéo*
N° 230 : *Un bain de sang pour Sun Lee*
N° 231 : *Les milliards siciliens*
H. S. : *Rouge, impair et mort*
N° 232 : *Le tocsin argentin*
N° 233 : *Le blitz de Little Havana*
N° 234 : *Les mercenaires de la coke*
N° 235 : *Otage du cartel*
N° 236 : *L'ultime défi*
N° 237 : *Les vampires de Spider Mountain*
N° 238 : *Traque mortelle sur Pa'ahnui*
N° 239 : *Offshore Connection*
N° 240 : *Le Capo et le Monsignore*
N° 241 : *Légitime violence*
H. S. : *Sanglantes tueries en Californie*
N° 242 : *Requiem pour un Monsignore*
N° 243 : *Une peste mafieuse*
N° 244 : *Sang pour sang à San Salvador*
N° 245 : *Les tueurs de Montanitas*
N° 246 : *Pluie de coke sur Ocean Beach*
N° 247 : *Coup de gong pour une triade*
N° 248 : *Sabrer n'est pas jouer*
N° 249 : *Panique à Reynosa*
N° 250 : *Charge sanglante sur Cienfuegos*
N° 251 : *Jackpot à Sun City*
H. S. : *Sanglante succession*
N° 252 : *Boucherie en Colombie*
N° 253 : *Les prédateurs du Rio Grande*
N° 254 : *Entre les griffes du Dragon*
N° 255 : *Les commissionnaires de la mort*

DON PENDLETON

L'EXÉCUTEUR

MAIN BASSE SUR LE STRIP

Adapté de l'américain par
FRANK DOPKINE

VAUVENARGUES

Photo de couverture
© BROHENSKA

2008, Adaptation française : GECEP / HUNTER
ISBN 978-2-2801-9503-4 — ISSN 0337-1182

CHAPITRE PREMIER

Un volumineux dossier sous le bras, le juge Franklin Ashton quitta son bureau à l'heure du déjeuner, en assurant à son assistante qu'il serait de retour pour l'audience de 17 heures.

Il sortit du parking du palais de justice au volant de sa Lexus et prit Carson Avenue en direction de la gare, puis Main Street vers le sud. C'était le trajet habituel qu'il empruntait chaque soir pour regagner son domicile de Red Rock, à l'ouest de Las Vegas. En revanche, il était rare qu'il rentre déjeuner chez lui.

Un bref moment, il crut que cette entorse à la routine avait suffi à déjouer la surveillance dont il était l'objet depuis plus d'une semaine. Il accéléra sur Charleston Boulevard en imaginant les deux agents du F.B.I. attablés dans le snack où ils avaient pris leurs quartiers, juste en face du palais de justice. Puis il aperçut leur Ford marron dans le rétroviseur et soupira, déçu… C'étaient des pros, évidemment, les semer ne pouvait pas être un jeu d'enfant.

Concentré sur la nécessité de se débarrasser de leur encombrante protection, le juge Franklin Ashton se força à ralentir, les mains moites sur le volant. La Ford fut bientôt assez proche pour qu'il distingue la silhouette du chauffeur. Il était seul à bord. C'était le plus jeune, un échalas blond au visage étroit.

Sans trop savoir pourquoi, le juge Ashton fut soulagé que son équipier, un genre de dur à cuire aux épaules de lutteur et aux traits brutaux, ne soit pas de la partie. La tâche lui parut d'un coup plus facile.

S'écartant du trajet qui le ramenait à son domicile, il tourna vers le nord, parcourut deux blocs et s'engouffra dans le parking souterrain d'un centre commercial sur Alta Drive où il lui arrivait de venir faire du shopping. A peine engagé dans la rampe, il accéléra, plongeant à vive allure jusqu'au niveau – 3.

La Honda Civic était garée sous le repère G, tout près de la sortie vers Rancho Drive, conformément à ce qu'il était convenu une heure auparavant au téléphone avec Helen, sa femme.

Ashton arrêta la Lexus sur l'emplacement voisin, et tout s'enchaîna rapidement et sans anicroche, comme dans un film : moins de deux minutes plus tard, les yeux cachés par de larges lunettes de soleil noires, il émergeait du parking au volant de la Civic, prenait Rancho Drive pour rejoindre l'Interstate 15, distant d'à peine un quart de mile. Pas de Ford marron dans le paysage, tandis qu'il se fondait dans la circulation…

Roulant à une allure modérée sur la voie de droite, le juge Ashton composa sur son portable le numéro de celui de sa femme. Il imagina Helen dans les allées du centre commercial, forcément tendue, se demandant la véritable raison de ce tour de passe-passe… Se doutant qu'il s'agissait d'un jeu dangereux, mais loin de mesurer à quel point…

Il compta trois sonneries et raccrocha, éteignant aussitôt son portable. Helen pouvait à ce signal redescendre au parking et rentrer avec la Lexus. Si les agents l'interrogeaient, elle n'aurait pas à leur mentir. Il ne lui avait rien dit du rendez-vous auquel il se rendait.

Il en avait choisi le lieu, mais ignorait qui il allait rencontrer. Il se fiait à la recommandation que lui avait donnée son interlocuteur, lequel lui avait simplement enjoint la plus grande prudence. Pour le juge Ashton, cela allait de soi. Il n'avait pas posé de questions. Le ton de l'homme qui l'avait appelé n'y incitait pas…

Il bifurqua sur la bretelle de sortie vers le lac Mead, vérifiant dans le rétroviseur qu'aucune Ford ne se montrait dans son sillage.

Il était 13 h 12, il serait à l'heure au rendez-vous. Soulagé d'avoir réussi à semer les limiers du F.B.I., il ne parvenait pourtant pas à se détendre. Le document qu'il avait extrait du coffre de son bureau juste avant de quitter le palais de justice, et qui se trouvait à présent dans la poche intérieure de son veston, lui brûlait pour ainsi dire la peau. Il eut beau monter la clim, il suait. De trouille.

Helen Ashton s'était retenue de saisir son portable, qui s'était tu à la troisième sonnerie. Elle était restée quelques minutes encore devant la vitrine d'une boutique de vêtements, avant de gagner les ascenseurs. Au niveau -3 du parking, la Honda Civic avait disparu, mais la Lexus grise de son mari était là comme prévu, portières non verrouillées. Elle y était montée et avait trouvé les clefs sous le gros dossier posé sur le siège passager.

Elle avait démarré et manœuvré prudemment, mais, au moment d'émerger dans la lumière vive de Rancho Drive, une appréhension la saisit. Elle déboucha trop vite du parking du centre commercial et faillit emboutir la voiture qui la précédait dans la rampe de sortie. Une petite Nissan qui sans raison stoppa devant elle, l'obligeant à piler. Elle s'attendait à voir en sortir un conducteur furieux qui prétendrait qu'elle l'avait heurté… Mais rien de tel ne se produisit. La Nissan lui barrait le passage. Elle klaxonna, excédée, et perçut sur sa gauche un mouvement, si proche et si vif qu'elle écarquilla les yeux et ouvrit la bouche avant même d'avoir tourné la tête.

La silhouette trapue qui surgit à deux pas de sa portière ne fit qu'un geste, bras tendu. Un bref aller et retour balayant l'espace de la glace avant. Deux traits nets dessinés par le canon d'une arme. Les détonations s'enchaînèrent, les projectiles crachés par le pistolet-mitrailleur pulvérisèrent le verre Securit et criblèrent l'intérieur de la Lexus.

Les premiers impacts dans la poitrine firent tressauter le corps de la conductrice, et voler en désordre ses cheveux blond platine coiffés en un chignon sophistiqué. Projetée contre la portière opposée, Helen Ashton, la gorge transpercée, aspergea de sang le pare-brise et le pavillon, avant de s'affaisser sur le siège. La fin de la rafale se perdit vers l'arrière, les balles de 9 mm perforant le cuir crème d'un pointillé rectiligne.

Le tireur au mini-Uzi ponctua la dernière détonation d'un juron bien senti, qui exprimait beaucoup plus la contrariété qu'une satisfaction pourtant légitime, après ce travail proprement exécuté. L'homme bondit vers la Nissan, s'engouffra à l'arrière, la portière qu'on lui avait ouverte se referma, et la voiture accéléra brutalement.

A une vingtaine de mètres de là, une silhouette dégingandée accourait. Un homme en complet marron sorti précipitamment d'une Ford marron, et qui brandissait un automatique. La chaleur écrasante qui pesait sur Rancho Drive à cette heure de la journée semblait coller ses semelles au goudron. Quelques foulées épuisèrent son énergie. Hors d'haleine et trempé de sueur, il ne fit même pas mine de viser la Nissan qui s'éloignait à toute allure. Son bras armé retomba ; dans son autre main, le téléphone portable était d'un usage plus adapté aux circonstances.

L'agent spécial Roman Kowalski pencha son visage anguleux à la portière de la Lexus. Il ne subsistait de la vitre explosée par les balles que quelques échardes de verre. Pas de quoi gêner un regard scrutateur de policier. Pourtant, les yeux de l'agent Kowalski s'arrondirent et se brouillèrent à la vue du corps désarticulé qui gisait au milieu d'une mare de sang. Une chevelure blonde zébrée de mèches rouge sombre couronnait d'une auréole macabre une tête au visage défiguré, presque dissociée du tronc par les projectiles, mais indéniablement féminine.

— Qu'est-ce qui se passe, bon Dieu ? hurla dans le portable l'équipier de Kowalski.

Pour toute réponse, ce dernier égrena, d'une voix hachée par l'émotion et la colère, un chapelet de jurons.

Enserré par des montagnes et bordé par d'abruptes falaises trouées d'étroits canyons, le lac Mead, à une quinzaine de miles de Las Vegas, ressemblait vu du ciel à une île au milieu du désert. A présent que l'hélicoptère descendait vers la rive nord, faite d'une succession de criques rocheuses pratiquement inaccessibles, le caractère sauvage et désolé du paysage s'accentuait. Le Bell avait survolé d'abord, en venant de Boulder City Airport, la partie civilisée du lac, avec ses aménagements touristiques, à l'embouchure du Black Canyon où se faufilait la Colorado River. Une marina, des campings et des tronçons de plage, étirés au pied des River Mountains.

Mais, du côté opposé, rien de tel, le désert du Nevada plongeait directement, de plusieurs centaines de mètres de hauteur, dans les eaux claires, et sur plus de dix miles, un chaos aride de roches rouges dressait dans l'air brûlant une muraille hostile.

Au loin, vers l'ouest, au-delà des hauts buildings de Las Vegas, la Vallée de la Mort ; et, à une demi-heure de vol, plein est, le Grand Canyon… Le lac Mead dans son versant nord en était comme un avant-goût.

Aux commandes du Bell, Jack Grimaldi, l'ancien pilote de la mafia devenu le meilleur ami de l'Exécuteur, scrutait la rive aux innombrables échancrures, grottes et éperons. Dans ses écouteurs, la voix familière retentit :

— Droit devant, Jack, le promontoire en forme de doigt.

— O.K., Striker, je ne te vois pas mais j'ai repéré l'endroit.

— Tranquille, non, pour un rendez-vous discret ?

Le pilote acquiesça d'un marmonnement. Évitant de survoler l'avancée rocheuse où son ami était posté, invisible, il reprit de l'altitude, ajoutant :

— Je fais une boucle et je te rappelle.

— Pas de problème. S'il est à l'heure, tu vas le voir arriver.

Un grésillement indiqua la fin de leur communication. Il y eut des parasites dans le casque, puis Jack Grimaldi reconnut la voix du contrôleur de Boulder City Airport. Le bonhomme était du genre scrupuleux, déjà inquiet de parler dans le vide…

Jack Grimaldi coupa la liaison radio et vira au nord-ouest. Le Bell Jet Ranger était un jouet plaisant entre ses mains expertes, et le paysage d'une beauté à couper le souffle. Il l'embrassa d'un regard circulaire, puis se concentra sur la tâche urgente : repérer l'arrivée, sur la route en provenance de Las Vegas, d'une voiture au volant de laquelle se trouvait l'homme avec qui Mack Bolan avait rendez-vous, au lieu-dit Boxcar Cave, sur la rive inhospitalière et escarpée du lac Mead.

L'Exécuteur suivit des yeux l'hélicoptère qui s'éloignait en direction de l'unique route longeant le lac Mead, à trois miles au nord. Pour gagner Boxcar Cave, aucune bifurcation n'était signalée. Il existait pourtant une piste, à peine visible, cahoteuse et sinueuse, qui suivait une faille et aboutissait à l'endroit où Bolan attendait : une étroite plate-forme de terre rouge recuite et poussiéreuse, juste assez large pour permettre à une voiture de faire demi-tour, que cernaient des amas de rochers entre lesquels on trouvait une ombre rare, mais bienvenue.

Le Volkswagen Touareg loué la veille à l'aéroport international de Las Vegas était dissimulé dans un goulet, en dessous de l'escarpement où Bolan s'était hissé. De là-haut, il avait vue sur le plateau. Au loin, dans la brume de chaleur, il apercevait les éclats de lumière réfractés par les carrosseries des voitures empruntant Lake Mead Boulevard.

Il y avait peu de circulation, et, dans le tronçon de désert qui le séparait de la route, aucun nuage de poussière qui aurait trahi l'approche d'un véhicule. Ce cul-de-sac de bout du monde offrait des garanties de sécurité parfaites, mais, en regardant par-dessus son épaule et en baissant les yeux, Bolan découvrait sous ses pieds un à-pic de plus de cinquante mètres, et le miroir éblouissant des eaux du lac Mead, tout en bas… Aussi ne pouvait-il s'empêcher de penser que ce cul-de-sac pouvait se transformer en piège mortel.

Dans son oreillette, des crachotements se produisirent, puis la voix de Jack, faible mais distincte :

— Une Honda Civic blanche, Striker... Elle prend la piste, dans ta direction. Le type connaît l'embranchement... Rien derrière. Je fais une boucle...

La voix s'évanouit, la distance étant trop grande pour la portée de l'émetteur-récepteur que Bolan avait préféré au portable, pour communiquer avec l'hélico.

Le Bell avait depuis longtemps disparu. Bolan braqua les jumelles sorties de son sac à dos sur le débouché de la piste, puis remonta ses méandres. De la route jusqu'à lui, trois miles à vol d'oiseau, mais près de cinq en réalité ; il avait cru ne pas en voir le bout, en arrivant au volant du Touareg, une heure plus tôt. Patiemment, il refit le trajet dans les jumelles, à l'affût du moindre signe annonçant un danger.

La voiture blanche émergea à faible allure du défilé qui suivait immédiatement la bifurcation. Avant qu'elle soit masquée par des éboulis, il eut le temps de constater qu'un homme seul était à bord de la Honda. Plus jeune qu'il se l'était imaginé. Mais ils n'avaient échangé que quelques phrases au téléphone, ce matin, et Bolan n'avait aucune idée de ce que le juge Franklin Ashton détenait de si important.

La Honda réapparut de face, cahotant sur la piste, ses amortisseurs malmenés par les cailloux.

Le conducteur était cramponné au volant et roulait beaucoup trop vite. Il fit une embardée et froissa une aile contre le rocher, avant de disparaître à nouveau derrière un ressaut de terrain.

Le juge Ashton était menacé de mort par les boss mafieux de sa bonne ville de Las Vegas, avait dit Hal Brognola à l'Exécuteur la veille, au cours d'une conversation téléphonique.

— Je ne sais pas au juste dans quoi il a mis son nez, Striker, mais comme il est ambitieux et présomptueux, il s'est fait mousser, et a reçu un message sans ambiguïté…

— Tu comptes que je lui apprenne la modestie et la prudence ?

Hal Brognola ne s'était pas déridé. Sur la ligne sécurisée, sa voix avait des inflexions métalliques.

— Il est sous protection du F.B.I., suite aux menaces reçues…

Un silence difficile à interpréter, mais que Bolan avait spontanément associé à une moue sceptique. Puis *Justice One*, comme le surnommaient ceux qui savaient quel rôle éminent il jouait à Washington dans la lutte contre le Crime organisé, avait repris :

— Ce qui m'importe, c'est un dossier sensible qu'on lui a remis, si j'ai bien compris…

— Et qui ne pourrait pas être plus en sécurité qu'entre mes mains ! avait enchaîné Bolan du même ton de plaisanterie.

— Puisque tu te trouves sur place…

— Je ne suis pas à Vegas, avait rectifié l'Exécuteur.

— Mais tu pourrais y faire un saut…

Hal ne lui avait pas demandé où il se trouvait, ni quels étaient ses projets ou ses occupations présentes. Par prudence instinctive, sans doute, mais plus sûrement parce que Hal n'avait pas ce genre de curiosité. Il s'était contenté de remarquer :

— Ce serait une coïncidence amusante, si tu y vas, parce que Jack s'y trouve en ce moment… Il emmène des touristes survoler Death Valley…

Bolan était resté pensif une seconde et demie. Jack jouant les agences touristiques, voilà bien une plaisanterie à la Brognola…

Il pourrait être à Las Vegas en fin de journée.

— Tu me dis comment entrer en contact avec ce juge ? avait-il finalement demandé.

Hal le lui avait indiqué. Pour Jack Grimaldi, la question ne se posait pas. Bolan savait toujours comment joindre ses amis…

Dans les puissantes jumelles, le visage du juge Ashton se dessina avec précision, à travers le pare-brise de la Honda. Bolan nota les plis du front, la crispation des traits, la raideur des muscles. Cramponné au volant, l'homme qui venait à sa rencontre avait peur.

CHAPITRE II

Le juge Franklin Ashton avait laissé la Honda à l'extrémité du chemin, sur la plate-forme circulaire. Il en était descendu en apercevant la haute silhouette vêtue de noir qui se détachait des roches rouges. Il n'avait pu retenir un petit mouvement de recul quand l'Exécuteur s'était approché. Une crispation, signe d'appréhension. Un doute, puis une question, d'une voix mal assurée :

— Vous êtes l'émissaire de Département de la Justice ?

L'Exécuteur s'était contenté d'un hochement de tête affirmatif. Franklin Ashton, à présent qu'ils s'étaient tous les deux réfugiés dans l'ombre de l'éperon rocheux qui surplombait le promontoire de Boxcar Cave, jetait à la dérobée des coups d'œil à son interlocuteur... Peut-être s'était-il attendu à un spécimen de bureaucrate du département de la Justice ?

En guise de présentation, Bolan avait répondu :

— Appelez-moi Dan.

En costume et cravate, Ashton transpirait à grosses

gouttes. Son visage bronzé se creusait de rides, ses yeux bruns toujours en alerte trahissaient sa nervosité.

Avant de commencer à parler, le Guerrier lui avait tendu une bouteille d'eau minérale. Elle était fraîche, Ashton avait remercié, incrédule, puis bu à longues gorgées, ôté sa cravate et déboutonné son col de chemise. Il reprenait pied, mais la peur aux tripes ne s'évacue pas en un clin d'œil… même si la proximité de cet homme qui ne s'appelait certainement pas Dan avait quelque chose de rassurant.

— On aurait pu se rencontrer en ville, fit remarquer Bolan.

— Ici, c'est plus sûr, affirma Ashton en secouant la tête. Aucun risque, je les ai semés !

— Le F.B.I. ?

Ashton grimaça un sourire.

— Et comment !

Il esquissa un geste vers la poche de son veston, se ravisa, et ajouta :

— J'avais une bonne raison de vous montrer cet endroit… Au cas…

Il soutint le regard gris-bleu fixé sur lui et compléta après une hésitation :

— Au cas où il m'arriverait quelque chose…

Bolan ne posa pas de question. Il attendait. Le juge Ashton fit le même geste vers sa poche. Mais, cette fois, il en tira une enveloppe marron de moyen format, épaisse et cachetée.

— Il y a ceci, dit-il en la tendant à Bolan, et il y a le contexte.

Bolan soupesa l'enveloppc.

— Vous avez pris connaissance du contenu ? demanda-t-il.

— Oui. C'est un témoignage, authentifié. Qui contient des accusations graves, circonstanciées.

— Vous êtes juge, monsieur Ashton, ou je me trompe ? remarqua Bolan.

Les traits de Franklin Ashton se creusèrent un peu plus.

— C'est exact, mais je n'ai pas les moyens d'utiliser ce témoignage.

— Pas les moyens légaux ?

Ashton baissa les yeux et précisa d'une voix sourde :

— Les moyens légaux, si, je les ai... C'est la capacité de les employer qui me fait défaut.

— Le courage, vous voulez dire ?

Le teint du juge vira au gris.

— J'ai une femme, des enfants... Et puis la situation locale...

Un bruit le fit s'interrompre et lever vivement la tête. Ce n'était qu'un infime craquement, mais dans le silence absolu et la fournaise, la roche elle-même faisait entendre des sortes de plaintes éreintées.

— Vous craignez pour vos proches et vous tenez à votre vie, reprit Bolan d'un ton froid. Racontez-moi le contexte.

Le juge Ashton fronça les sourcils, décontenancé. Non seulement ce type ne ressemblait pas à un fonctionnaire fédéral, et paraissait insensible à la chaleur, mais il s'adressait à lui du même ton d'autorité que le juge employait, au palais de justice, pour parler aux accusés, aux témoins, dans la salle d'audience où il était le maître du jeu.

Sans que Bolan eût à le préciser, le juge Ashton comprit qu'il n'avait pas affaire à un simple émissaire qui se contenterait de porter le précieux document à Washington.

— Ce témoignage n'était pas destiné à la justice, reprit-il en regardant l'enveloppe que Bolan faisait disparaître dans une poche zippée de son sac à dos. Son auteur l'a remis à une amie qui, au lieu de s'en servir pour son usage personnel, a préféré me faire confiance…

— Vous vous êtes vanté d'être capable de déboulonner quelques idoles locales, grâce à ce document… Et on vous a vivement conseillé de rester tranquille.

— Ils m'ont menacé de mort, ainsi que ma famille !

L'Exécuteur ne laissa rien paraître, aucun souci de soulager les angoisses du juge ou de compatir à ses malheurs. Jack Grimaldi lui avait montré le *Las Vegas Chronicle* du 3 juin, où, sous une photo avantageuse du juge Ashton, une indiscrétion journalistique rapportait les propos tenus par celui-ci dans une réunion privée. Franklin Ashton, étoile montante du monde judiciaire du comté de Clark, annonçait que des têtes allaient tomber, dans l'affaire Campos, du nom d'un ingénieur des services du comté, retrouvé assassiné de trois balles dans la tête deux mois auparavant. Une enquête qui n'avait jusque-là strictement rien donné, et que le juge Ashton prétendait tout à coup mener tambour battant et conclure en fanfare, à bref délai…

Le 4 juin, Franklin Ashton avait reçu par plusieurs canaux des preuves que ses fanfaronnades n'étaient pas passées inaperçues. Il avait reçu sur son portable des photos de ses deux enfants : l'aînée étudiante à Los Angeles, photographiée sur la terrasse de son studio ; le cadet lycéen à Las Vegas, sortant de son club de sport… Et puis le lendemain, par la poste, un cliché de sa femme au volant de sa voiture, accompagné d'une balle en cuivre de calibre 9 mm, soigneusement emballée dans un petit cercueil en bois blanc. La protection du F.B.I. était arrivée le 6 juin, le juge Ashton fuyait désormais les journalistes, et Hal Brognola s'était enquis de l'avenir du juge.

Tel était le contexte, que Franklin Ashton résuma à Bolan en quelques phrases chargées d'anxiété. Il n'avait pas fini de se reprocher ses rodomontades en public.

— Qui était Campos ? questionna sèchement l'Exécuteur.

— L'ingénieur chef du service des eaux, répondit le juge en s'épongeant le front. Edgar Campos. On a trouvé son corps ici.

— Où, ici ?

— A cet endroit, précisément. Boxcar Cave…

Sous les yeux intrigués de Bolan, Franklin Ashton se faufila à la pointe de l'éperon rocheux et montra l'à-pic de la hauteur d'un building respectable. Il tendit le bras vers les eaux immobiles.

— On l'a abattu ici et jeté au pied de la falaise,

expliqua-t-il. On a retrouvé son corps coincé à l'entrée d'une grotte, là, juste en dessous de nous. Un coup de chance...

— Qui l'a retrouvé ?

— Une équipe de techniciens du service de la météo. Ils font des relevés hydrographiques fréquents sur le pourtour du lac.

Encouragé par l'attention que lui prêtait son interlocuteur, le juge Ashton poursuivit en se penchant :

— Venez voir... Vous avez remarqué ceci ?

Bolan s'approcha, intrigué. Inutile d'informer le juge qu'il n'était là que depuis moins de vingt-quatre heures, et n'entendait pas s'attarder, comme à son habitude. Il suivit la direction du doigt pointé d'Ashton.

— Vous voyez les marques humides, au bas de la falaise ?

— Humides, vraiment ? Tout est sec ici.

— Je veux dire, d'humidité récente sur la roche, rectifia le juge. On voit bien les marques, n'est-ce pas ?

— Le niveau de l'eau a baissé, c'est ça ?

Ashton hocha la tête. Bolan se souvint de la une du *Las Vegas Chronicle* du 3 juin : « Vers une huitième année de sécheresse consécutive ? »

— Il ne pleut plus, il y a de moins en moins d'eau dans le lac Mead, dit-il.

— Lequel lac fournit l'eau de Las Vegas et de ses environs, soit pas loin de deux millions d'habitants, enchaîna le juge Ashton. Une population qui ne cesse d'augmenter. Alors que la réserve d'eau ici a diminué de moitié ces dernières années !

Ils battirent en retraite dans l'ombre. La touffeur de l'air était suffocante.

— Campos avait une solution ? reprit l'Exécuteur en proposant de nouveau la bouteille d'eau.

Franklin Ashton but avidement et hocha la tête.

— La ville et le comté de Clark ont une solution, que les services dirigés par Edgar Campos ont transformée en projet. Un vaste programme d'alimentation en eau de tout le Sud Nevada. Le projet s'appelle Water for Vegas. C'est le nom du consortium qui doit le mener à bien. Des entreprises de bâtiment et de voirie, des investisseurs, des banques. Tout le gratin de l'économie locale est impliqué.

— De quoi s'agit-il ?

— D'aller puiser l'eau là où elle est et de l'amener à Las Vegas, pour ne plus dépendre du lac Mead et échapper à la pénurie. La difficulté, c'est que l'eau abondante se trouve à 300 miles d'ici, dans les montagnes du comté de White Pine, Nord Nevada.

— Il s'agit de construire un pipeline, comme pour du gaz ou du pétrole ?

— Exactement, acquiesça le juge. Six ou sept cents kilomètres de tuyaux. Plusieurs milliards de dollars d'investissement.

— Qu'est-ce qui est difficile ? Trouver les tuyaux ? Les dollars ?

L'Exécuteur jouait les naïfs, même s'il avait déjà compris de quoi il retournait.

— Non, évidemment.

Franklin Ashton passa sa langue sur ses lèvres sèches.

— La principale difficulté, reprit-il, c'est de convaincre les éleveurs du Nord qu'ils n'ont pas besoin de toute la flotte dont la nature leur a généreusement fait cadeau… que les casinos, les golfs, les piscines, les pelouses de Las Vegas ont infiniment plus besoin de cette eau que leurs troupeaux et leurs cultures…

— Ils ont traité Campos en ennemi ?

— Ils auraient pu. Le consortium Water for Vegas n'est pas très bien vu du côté d'Ely et de la Snake Valley. Mais ces éleveurs ne sont pas des assassins. Campos a déplu à ses employeurs. Au lieu de se cantonner à l'aspect technique du problème, il s'est mis à réfléchir…

A nouveau, Franklin Ashton leva la tête, jetant des coups d'œil alentour. De l'oreillette que Bolan portait fixée à son oreille s'échappa une série de grésillements.

— Il a proposé une alternative au pipeline, continua le juge. Economiser l'eau, décourager les piscines, les pelouses anglaises, rationner les golfs… Gérer la pénurie.

— Comme pour le pétrole, glissa Bolan en essayant de régler la réception.

— C'est la position du lobby écolo, acquiesça le juge. Les employeurs de Campos ont estimé qu'il les avait trahis, qu'il était passé à l'ennemi…

— Les gens de la municipalité, vous voulez dire ? Ce sont eux qui l'ont… ?

Le juge s'empressa de préciser :

— Pas eux directement, mais, dans le consortium, ils sont associés à des investisseurs que les scrupules n'étouffent pas. Des mafieux… Les plus gros boss…

Il s'interrompit, tendant l'oreille. Ce n'était pas cette fois des soupirs de la caillasse surchauffée. Dans l'oreillette de Bolan, la voix de Jack Grimaldi fut tout d'un coup nette et même un peu stressée :

— Striker, tu m'entends ?

— C'est bon, maintenant, oui.

— Trois véhicules sur la piste ! lança Jack. Des Toyota dont un pick-up. Du lourd ! Peut-être une dizaine d'hommes…

— Pas des amis, hein ? répliqua l'Exécuteur sans s'émouvoir.

Il croisa le regard affolé du juge Franklin Ashton et annonça :

— On a des visiteurs, monsieur le juge, et certainement pas animés des meilleures intentions…

Jack Grimaldi vit déboucher sous l'hélico les trois véhicules en file indienne. Deux Land Cruiser noirs, suivis d'un Hilux double cabine. Ils avaient quitté sans hésiter Lake Mead Road et franchi l'étroit passage menant à la piste. Ils roulaient à faible allure. Les feux stop du Land Cruiser de tête s'allumèrent et le convoi stoppa après moins d'un mile. Mais aucune portière ne s'ouvrit. Le Bell avait repris de l'altitude, faisant mine de s'éloigner. Mais une boucle le ramena à l'aplomb de la piste.

— Ils ont stoppé, fit Jack. Personne ne bouge. C'est

moi qui les intéresse, on dirait. Je passe au-dessus d'eux…

— Fais gaffe, Jack !

— Je fais gaffe, Striker…

Jack Grimaldi eut un petit rire, inclina l'appareil et dégagea vers l'est. Il annonça dans l'émetteur-récepteur H-F :

— Je dirai trois, trois et deux, huit hommes, peut-être neuf. Tu veux savoir à quoi ils ressemblent ?

Bolan ne répondit pas.

— Le pick-up passe en tête, reprit Grimaldi.

En tournant la tête, il vit s'effectuer la manœuvre, malaisée compte tenu de l'étroitesse de la piste, mais cet endroit était sans doute le seul où deux véhicules pouvaient se croiser…

— Le pick-up continue tout seul…

— Laisse tomber, Jack, je m'en charge !

Un silence, une respiration rapide, puis la voix excitée du pilote :

— Attends, Striker, y en a deux qui sortent des Land Cruiser…

Une silhouette était descendue de l'arrière de chacun des 4x4. Jack Grimaldi vira sec. Sous son casque, son front se plissait, quand c'était un sourire qui venait à ses lèvres. Il vit les deux hommes se poster l'un vers l'avant du premier Toyota, l'autre contre le hayon du second. Tous deux vêtus de sombre, se collant à la carrosserie. Deux silhouettes jeunes et élancées, deux visages levés vers le ciel, lunettes de soleil braquées dans sa direction…

En un flash, avant même que les deux hommes

ne bougent, Jack Grimaldi fut certain que tous ses pressentiments allaient se vérifier.

Des hommes comme ceux-là, il en avait croisé des douzaines quand il avait leur âge. Il était comme eux : svelte, tendu, dangereux. Une mèche qu'un rien suffisait à allumer. Sur un signe, un ordre, prêt à bondir, à frapper, à tuer… Cela paraissait aller de soi quand on portait l'uniforme, qu'on était en guerre. Au retour du Vietnam, Jack Grimaldi ne s'était pas démobilisé. Il avait rejoint la petite armée des *soldati* recrutée et entretenue par les maîtres du Crime organisé. Il n'était pas un tueur, juste un pilote. N'empêche, il avait travaillé pour eux. Jusqu'à ce que Mack Bolan, qu'au Vietnam on avait surnommé le sergent Miséricorde, lui fasse voir dans quelle impasse il avait dirigé sa vie. Et lui offre son amitié…

Jack Grimaldi avait retrouvé le sourire, la griserie de piloter pour le plaisir, l'estime de soi.

Malgré les années écoulées, cependant, il savait au premier coup d'œil reconnaître à qui il avait affaire. Le sourire se figea sur ses traits burinés, l'air brûlant lui assécha la gorge.

— Des cannibales, Striker ! lança-t-il d'une voix sifflante. Pas de doute là-dessus… Les pourris de Vegas ont déjà flairé ta trace, ma parole !

— Pas de blague, Jack, avertit Bolan dans un souffle. Décroche et attends-moi à proximité…

Le Jet Ranger sembla s'immobiliser à cent cinquante pieds d'altitude, tel un gros oiseau bruyant et emprunté. Puis il piqua du nez et fondit vers la piste, droit sur les deux voitures à l'arrêt, dont les moteurs tournaient.

Jack Grimaldi vit l'effet de sa manœuvre sur les deux hommes qui l'observaient. Ils sortirent leurs armes, un gros automatique pour l'un, un P.-M. à crosse rétractable pour l'autre, mais ne les pointèrent pas. Bouches ouvertes, mâchoires crispées, ils rentrèrent la tête dans les épaules. Ils auraient voulu disparaître dans le sol, que la piste les avale ! Ils se recroquevillèrent de peur, gris sous leur bronzage, quand le souffle du rotor les balaya. Assourdis par le bruit, se voyant décapités par les patins du Bell.

Concentré, Jack Grimaldi redressa souplement l'appareil au ras des deux Land Cruiser. Et vira aussitôt pour casser sa trajectoire. Bien lui en prit : le moins tétanisé des deux porte-flingues lâcha dans son sillage une rafale qui se perdit dans le vaste décor.

Jack Grimaldi allait s'autoriser un soupir, quand il aperçut le pick-up qui reculait à vive allure. Une silhouette en jaillit, braqua vers le Bell un fusil d'assaut. « Kalach », songea machinalement Grimaldi, en distinguant le départ des balles. Un essaim bourdonnant lâché à sa rencontre, et pas à l'aveuglette. Le type chauve en chemisette ne portait pas de lunettes de soleil, lui, et ne rentrait pas la tête dans les épaules. Il arrosait l'hélico sans sourciller. Les projectiles criblèrent l'acier, le Bell tangua. Jack Grimaldi jura entre ses dents et dégagea en catastrophe, encaissant une autre secousse… Le reste de la rafale s'éparpilla sur sa droite. Il aperçut soudain le tireur qui s'écroulait contre la double cabine du pick-up, son crâne chauve explosé par du gros calibre. En même temps, il entendit la voix de Bolan, un peu essoufflée :

— Ça va, Jack ?

— C'est O.K., je crois, mais ce salopard m'a canardé…

— Désolé, je n'ai pas pu courir plus vite ! Pose-toi au calme, je te rejoins…

Il y eut encore une détonation, puis plus rien, sinon le roulis saccadé du Bell. De quoi persuader Jack Grimaldi de suivre sans tarder le conseil de l'Exécuteur.

CHAPITRE III

La cartouche de .44 AMP fit éclater le pare-brise du pick-up ; et la tête de l'homme qui se trouvait derrière. A cette distance, elle aurait perforé des carapaces plus épaisses qu'un crâne de pourri.

Le gros Automag .44 Big Thunder avait tonné deux fois dans la main du Guerrier. Le conducteur du Toyota Hilux en était encore à se demander ce qui arrivait à son copain chauve, dont la boîte crânienne venait de décorer de débris sanguinolents le capot du pick-up, quand le troisième projectile fracassa le Securit et étoila son front bas, mettant un terme à sa stupéfaction. D'une pression réflexe du pied sur l'accélérateur, l'homme produisit en mourant un grondement de cylindres, une grosse bouffée de gaz d'échappement, puis le moteur cala, et son cœur aussi.

L'Exécuteur courait déjà vers les deux Land Cruiser, pour profiter de l'effet de surprise.

Il n'avait pas attendu que Jack Grimaldi lance dans son micro le mot de « cannibales » pour s'élancer. En fait, le juge Franklin Ashton n'avait pas eu le temps de s'écrier qu'il était impossible qu'on l'ait suivi jusque-là, que Bolan l'avait planté au bord de la plate-forme pour traverser en ligne droite le plateau. Foulées rapides, coudes au corps. Un sprint dans la fournaise, le cœur cognant dans les côtes, la bouche entrouverte aspirant l'air brûlant. Avec pour repère le gros point noir de l'hélico, et, dans les oreilles, à mesure qu'il approchait, son bourdonnement familier, plus fort que celui de son propre souffle. Un mile et demi à découvert, avant de distinguer la faille qui bordait la piste. Puis un crochet prudent avait conduit Bolan à l'abri d'éboulis en surplomb de celle-ci, et il avait découvert les « visiteurs ». A l'instant où le Bell achevait sa pirouette au-dessus de leurs têtes ahuries…

Flanquant les deux Land Cruiser stoppés à deux cents mètres sur sa gauche, deux silhouettes se redressaient. La plus proche visait l'hélico en train de remonter, et vidait un chargeur à l'aveuglette.

Les cannibales n'avaient d'yeux que pour l'hélico qui les narguait. Bolan lui-même, observant la gracieuse acrobatie de son ami Jack, avait mis quelques instants à comprendre ce qui se passait beaucoup plus près de lui, en contrebas sur sa droite. La marche arrière brutale du pick-up et l'homme chauve qui descendait, pour aussitôt ouvrir le feu…

Le porte-flingue avait lâché sa rafale, le temps que l'Automag au canon démesuré vienne dans la main de Bolan. Les détonations de l'automatique avaient retenti dans le désert avec la puissance du tonnerre. Deux tirs enchaînés, précis malgré la sueur qui coulait du front du Guerrier, et sa respiration précipitée.

Là-haut, l'hélico touché roulait d'un bord à l'autre, filait vers le nord. En bas, le rafaleur chauve était hors de combat, le type stupéfait au volant du Hilux récoltait au milieu du front un troisième œil qui lui faisait voir la fin du voyage.

L'Exécuteur s'était lancé sans tergiverser dans un cent mètres supplémentaire. Rassuré par le message de Jack dans l'écouteur. Son ami était O.K.

Ils étaient deux debout de part et d'autre des Toyota, qui avaient enregistré les détonations tout en suivant du regard le Bell en train de s'échapper en tanguant dangereusement. Leur vœu de le voir se crasher parut un instant sur le point d'être exaucé. Le flingueur qui avait lâché une salve au hasard esquissa même un mouvement de triomphe, comme s'il avait touché l'hélico. La réalité lui sauta à la figure dans la demi-minute suivante. Non seulement l'appareil se rétablissait et s'éloignait, mais une forme athlétique fonçait dans sa direction. Elle suspendit sa course durant une infime fraction de seconde, un bras armé se tendit et un nouveau coup de tonnerre assourdissant roula entre les replis du désert. Le doigt sur la détente de la mini-Uzi se crispa en même temps que la cartouche de .44 AMP avalait la distance séparant l'orifice du long canon nickelé de la poitrine du porte-flingue. Sous l'impact, celui-ci fut projeté en arrière, et son pistolet-mitrailleur arrosa tous azimuts le sol autour de lui. Il finit par faire mouche : un pneu à l'avant du premier Land Cruiser éclata. Et il emporta en enfer cette maigre consolation.

Bolan visait déjà l'autre cible visible. Il bloqua sa

respiration et tira deux fois. Le pourri avait fait un bond de côté pour se mettre à couvert. La brutale marche arrière du second Land Cruiser lui offrit un abri providentiel. Les deux projectiles perforèrent la carrosserie. Le Toyota fit une embardée, percuta un rocher. Les deux cadeaux de bienvenue envoyés par le Guerrier n'étaient peut-être pas perdus pour tout le monde…

L'Exécuteur en avait d'autres en réserve. Une demi-douzaine de chargeurs de quatorze cartouches alourdissait le sac à dos, en plus du fidèle Beretta 93-R. Mais c'était un poids rassurant. Comme était rassurant l'énorme Automag, lorsqu'il s'agissait de bloquer un convoi de véhicules et d'affronter leurs occupants. Avec du .44, les dégâts étaient maximum, dans la tôle et plus encore dans la chair. La mort arrivait en fanfare, dans un fracas de fin du monde capable de ramollir les caractères les mieux trempés…

Le Guerrier reprit sa course, obliquant vers le bord de la piste, tandis que le Land Cruiser touché calait et que l'autre 4x4 faisait un bond en avant, soulevant de la poussière et projetant des cailloux. Le conducteur tenta de faire demi-tour, sur la piste étroite et encaissée. Si précipitamment que, en deux manœuvres, il emboutit l'avant et l'arrière du véhicule. Mais à la troisième, au prix d'un pare-chocs enfoncé qui resta accroché à la muraille, le Toyota repartit en sens inverse.

Bolan était à distance adéquate pour stopper sa retraite, mais des balles sifflèrent tout près de ses oreilles et ricochèrent sur les rochers. L'homme qu'il avait raté s'était ressaisi, et, à l'abri du Land Cruiser immobilisé, il essayait de démontrer qu'il méritait son salaire de *pistolero*...

Bolan répliqua au jugé, pour gagner la demi-seconde de tranquillité qui lui permit de bondir derrière un monticule de rocaille. Nouveau roulement de tonnerre, bruit de tôle perforée, et une injure en italien... Les *soldati* avaient gardé l'accent du pays.

Bolan s'attendait à une riposte mais il n'y en eut pas. Le moteur du Toyota indemne rugit sur la piste. Il l'aperçut qui dépassait l'autre véhicule. Le porte-flingue qui avait failli le toucher fit alors signe à ses complices de stopper pour l'embarquer. Il fonça même vers la portière, comme s'il avait la moindre chance de sauter en marche à l'arrière. Il en fut pour ses frais. Le Land Cruiser fit un écart, manquant de peu de le renverser, et accéléra. L'auto-stoppeur abandonné sur le bord du chemin ponctua cette fuite d'une bordée de jurons en dialecte sicilien qui n'avaient pas besoin d'être traduits pour être éloquents. Le type enrageait tellement qu'il faillit tirer sur ses complices. Mais une portière du 4x4 s'ouvrit derrière lui et une voix l'interpella.

L'homme corpulent qui avait du mal à s'extraire de la banquette arrière se tenait l'épaule en grimaçant de douleur et ne paraissait pas en état de se servir du P.-M. qui pendait au bout de son bras. Au ton de ses paroles, il s'en prenait avec virulence à son pote, et sans doute aussi à ceux qui venaient de les laisser choir. L'autre répliqua en italien. Et il montra le conducteur, affalé sur le volant du Toyota, inerte. Puis il plissa les yeux en direction de l'endroit où se tenait Bolan. Le blessé haussa son épaule valide, s'emporta et désigna du menton le pick-up, à trois cents mètres de là sur la piste. En pure perte : le porte-flingue sicilien n'avait aucune envie d'obéir. D'autant qu'entre eux et le pick-up, il y avait leur adversaire... Le ton monta rapidement et Bolan perçut l'échange de noms d'oiseaux, pressentit le clash imminent.

Un sourire froid lui vint aux lèvres. Si ces deux-là ne s'entre-tuaient pas avant longtemps, il allait les aider...

Il s'épongea le front, cala soigneusement son bras droit, et ajusta son tir.

Les deux hommes s'apercevaient de profil, à l'abri du Toyota. Il n'avait guère de chances de les toucher, mais prévoyait autre chose qui les surprendrait sans doute...

Le tonnerre des détonations de l'Automag les fit s'accroupir et disparaître, avec des exclamations effrayées et colériques. Mais ils n'avaient pas été atteints, et, quand le silence revint, Bolan perçut un ricanement énervé, signe d'un soulagement qui serait de courte durée. Le sourire du Guerrier s'accentua, juste un petit peu. Sous le Land Cruiser, il distinguait une petite flaque qui se formait et s'agrandissait vite. Il visa juste au-dessus, là où deux trous ornaient déjà le flanc du 4x4. Il pressa la détente et vida ce qui restait du chargeur.

Prolongeant le vacarme des détonations, un *vloof* soudain ébranla le Land Cruiser ; l'explosion du réservoir secoua le lourd 4x4, le projeta contre les rochers du bas-côté. Des flammes et un panache de fumée noire s'élancèrent à l'assaut du ciel bleu. En quelques instants, le Toyota s'embrasa. Il n'y eut cette fois ni jurons ni ricanement, seulement un hurlement emporté par le ronflement de l'incendie. Puis une silhouette se détacha du brasier et le porte-flingue rescapé du trio détala sur la piste. Le *pistolero* ne songeait plus à justifier ses gages de tueur, car il avait le feu aux trousses, littéralement. Des flammèches jaillissaient de son veston, léchaient son dos. Mais, lorsqu'il jeta un coup d'œil derrière lui, c'est la peur d'avoir en plus le diable à ses trousses qui affola son regard.

La balle de 9 mm chuinta entre ses pieds, arrachant du sol des éclats de cailloux. Bolan, au lieu de recharger l'Automag, avait fait usage du Beretta. Le porte-flingue zigzagua, trébucha, sauta sur place et gesticula pour se défaire du veston qui brûlait. Le tissu de sa chemise fondait sur sa peau et il se mit à en arracher des bandes en criant. Il posa à terre son arme, pour se débarrasser plus vite de ses vêtements. Torse nu, la bouche tordue de douleur et les yeux fous, il vit l'homme dans sa sinistre combinaison noire courir dans sa direction. Il ramassa fébrilement le pistolet. Le Glock tremblait dans sa main. Il n'eut pas le temps de presser la détente. Un autre projectile de 9 mm lui fracassa l'épaule. Il lâcha l'automatique, tournoya sur lui-même et s'effondra dans la poussière en hurlant. Quand Bolan arriva, il avait tourné de l'œil.

La douleur des brûlures au contact des cailloux et de sa clavicule brisée lui fit rapidement reprendre connaissance, et la souffrance n'était rien comparée à la terreur de découvrir le diable en personne penché sur lui, pointant au milieu de son front le canon d'un automatique. Ce n'était pas l'arme monstrueuse qui avait déclenché le tonnerre et semé la mort au cours des dernières minutes, mais nul doute que c'était la même main. Et la même implacable détermination. Les lèvres décolorées du pourri se mirent à bouger, sans qu'un son les franchisse.

— Ton nom ? demanda la voix basse et sèche de l'Exécuteur.

Le jeune homme dut s'y reprendre à plusieurs fois avant de pouvoir articuler :

— Brancolli... Pipo Brancolli...

Il voulut ajouter une supplique, mais le Beretta heurtant son front et le froncement de sourcil de Bolan le dissuadèrent. Ce n'était pas le temps des prières, mais des réponses.

— Qui te donne des ordres, Pipo ?

Le visage baigné de sueur, les yeux louchant sur le trou noir du canon, Pipo s'efforça de ne pas bouger, ravala ses plaintes. Il aurait voulu s'évanouir de nouveau, mais le regard bleu de glace rivé sur lui ne le lâchait pas. Impossible de se dérober, de s'échapper vers un monde meilleur.

L'Exécuteur ne répéta pas la question. Il se contenta d'accentuer la pression de son index sur la queue de détente, et de le faire sentir à Pipo, qui se raidit et battit follement des paupières.

— Bugsy... Tout le monde l'appelle Bugsy...

Il répéta la réponse, comme un mantra.

De la bouche d'un porte-flingue qui ressemblait à

Pipo, Bolan avait entendu, six mois plus tôt, prononcer le même nom[1]. Il savait à quoi s'en tenir. Un clappement de langue fit taire Pipo. Il se contorsionna sur le sol brûlant, où le sang coulant de son épaule séchait à mesure. Le Guerrier reprit :

— Qui donne des ordres à Bugsy ?

Pipo roula des yeux et secoua la tête. Il n'avait affaire qu'à Bugsy, il venait de débarquer à Las Vegas, tout juste un mois qu'il était là, c'était son cousin Enzo qui…

Il butait sur les mots et revenait à l'italien. A Trapani où il était né, qu'il n'aurait jamais dû quitter, évidemment. Sa Sicile natale…

— Assez ! La ferme ! Enzo était dans quelle voiture ?

Enzo n'était pas de l'expédition, jura Pipo. Enzo était resté en ville avec Bugsy. C'était Malloy qui les avait emmenés pour s'occuper du shérif.

— Le juge, Pipo, corrigea Bolan, c'est un juge…

Le regard de Pipo cessa de dériver en tous sens et il répéta « shérif ».

— Comment vous avez su que le juge viendrait ici ?

Pipo secoua de nouveau la tête. Il ne comprenait plus. Bolan sentit poindre le malentendu. Derrière lui, la carcasse du Land Cruiser fumait, emprisonnant deux formes humaines carbonisées. Une suffocante odeur de chair brûlée empestait l'atmosphère. Le type au volant était déjà mort, quand le réservoir du Toyota

1. *Jackpot à Sun City*, L'Exécuteur n° 251.

avait explosé. L'autre malfrat, celui qui était blessé à l'épaule, s'était retrouvé coincé entre la carrosserie et la muraille. Il avait grillé debout, les jambes écrasées, l'Uzi collée aux paumes...

Le regard de l'Exécuteur revint au visage grisâtre de Pipo Brancolli.

— C'est Malloy qui ne s'est pas arrêté, tout à l'heure ?

Pipo acquiesça d'un battement de paupières.

— Ton cousin Enzo, je le trouverai où, à Vegas ?

Une lueur passa dans le regard du voyou. L'ombre d'un espoir. Bolan déchiffra sur ses lèvres sèches :

— Le Rimini...

— Au Rimini, sur le Strip, hein ?

— *Si, al* Rimini...

— *Bene, Pipo...* Ton cousin Enzo saura que tu t'es bien comporté...

La peur revint en une vague irrépressible sur les traits décomposés du Sicilien.

— Tu es un brave garçon de Trapani, Pipo... Tu ne sais pas mentir...

Le Guerrier raidit son bras. Pipo se recroquevilla, oubliant d'un coup les cloques qui boursouflaient sa peau, son épaule transpercée. Il tourna follement la tête. Implora.

A bout touchant, la balle pénétra sous l'oreille et causa une mort instantanée. Pipo Brancolli n'aurait plus jamais le mal du pays...

L'Exécuteur fit demi-tour et se remit en marche vers Boxcar Cave. Le juge Ashton devait trouver le temps long et se faire du mouron. Mais, en arrivant à la hauteur du pick-up, Bolan entendit des chocs répétés à l'intérieur. Il braqua le Beretta et s'approcha avec circonspection du Hilux double cabine.

Le plateau était vide, mais pas la cabine arrière. En découvrant la forme allongée sur le sol, ligotée et bâillonnée, mais qui parvenait à force de ruades dans la portière à manifester qu'elle était bien vivante, il entrevit l'explication du malentendu soulevé par les réponses du porte-flingue sicilien.

Il ouvrit la portière et vit aussitôt l'étoile qui ornait la poche de poitrine de la chemise kaki. Quand il eut tranché les liens avec le poignard attaché à sa cheville et décollé d'une secousse l'adhésif de la bouche de l'homme entravé, il dit simplement :

— Content de faire votre connaissance, shérif…

CHAPITRE IV

Le shérif Jimmy Deacon n'était pas du genre à quémander de l'aide pour se remettre debout. Ni à pleurnicher parce qu'il avait reçu un vilain coup sur la tête. Il fit la grimace en se massant le côté du crâne, où se voyait une grosse bosse violacée, se frotta les poignets et fit quelques mouvements d'assouplissement. Malgré son âge avancé et le traitement subi, il avait l'air en forme. Le gosier sec, tout de même. Mais les types qui s'en étaient pris à lui ne lui avaient pas laissé sa gourde, ni son chapeau… Ni son arme, évidemment, avait-il constaté en portant la main à son ceinturon, avant de la tendre à l'inconnu qui venait de le libérer.

— Jimmy Deacon.

— Dan Morris, s'était présenté Bolan.

Ils avaient échangé une vigoureuse poignée de main.

— Merci, mon vieux… Vous êtes arrivé à pic ! Il fait sacrément chaud, par ici ! Je suis loin de chez moi, j'ai l'impression… Ces salopards comptaient me faire voir du pays !

— Où est-ce, votre pays, shérif ?

Le regard vif de Deacon eut vite fait de jauger le soi-disant Dan Morris.

— Ely, comté de White Pine.

C'était la deuxième fois en une heure que l'Exécuteur entendait prononcer le nom de ce bled à quatre heures de route vers le nord, à mi-chemin de Las Vegas et de Salt Lake City sur l'US 50. Ely était une ancienne cité minière à près de 2000 mètres d'altitude, un coin d'éleveurs, de cultures fourragères et d'eau vive et pure à profusion, à l'entrée de la Snake Valley… Après ce que lui avait raconté le juge Franklin Ashton dans l'heure précédente, l'Exécuteur trouvait la coïncidence troublante.

Le shérif Deacon observait maintenant les alentours. Il demanda d'une voix incrédule :

— C'est vous le responsable de tout ça ?

Il montrait les deux cadavres à proximité, un au volant du pick-up et un autre sur le capot. Les quatre autres plus loin sur la piste, dans les restes et aux abords d'un Land Cruiser incendié qui fumait encore.

— Nom de Dieu ! s'écria Deacon, j'ai cru qu'ils étaient tombés sur une petite armée ! C'est quoi, ce désert ?

— Le lac Mead est là, à cinq minutes…, indiqua Bolan.

— Le lac Mead ? On a roulé trois heures ?

Jimmy Deacon tâta ses poches, à la recherche d'un portable qui ne s'y trouvait plus, puis son crâne, en quête d'un chapeau qui lui manquait cruellement.

— Il est 14 h 15, lui apprit Bolan, ajoutant en

montrant la direction du lac : J'ai de l'eau dans ma voiture.

— Votre voiture ? Je vous croyais en hélicoptère, c'est drôle… j'ai cru entendre…

Bolan se mit en marche sans relever l'allusion, glissant le Beretta dans un étui de ceinture, contre ses reins. Deacon n'insista pas et lui emboîta le pas. Il observa au passage les deux cadavres.

— Jamais vu ces types avant ce matin, grommela-t-il. Des voyous de Vegas… Mais il y avait trois véhicules, non ?

— Un autre Land Cruiser a réussi à faire demi-tour et à s'enfuir, acquiesça Bolan. Deux hommes à bord. Un nommé Malloy…

Le shérif Deacon haussa les épaules en signe d'ignorance.

— Qu'est-ce qu'ils vous voulaient ?

— J'ai reçu un coup de fil ce matin, on m'a attiré à la Connors Pass…, répondit le shérif. Un coin idéal pour un guet-apens. Ils m'attendaient… Je ne me suis pas méfié.

— Tout de même, trois véhicules et huit porte-flingues, ils ont mis le paquet !

— Je n'ai eu affaire qu'à ces deux-là, précisa Jimmy Deacon. Les autres couvraient. Je me suis fait avoir comme un bleu… Un tuyau bidon et j'ai foncé…

Il s'interrompit, comme s'il en avait trop dit. Observa Bolan du coin de l'œil.

— Vous les attendiez, vous ? demanda-t-il.

— Non, ils sont venus perturber un rendez-vous que j'avais ici…

— Au bord du lac Mead… ?

— Boxcar Cave, précisa Bolan. C'est le nom de cet endroit charmant.

Il vit les traits de Deacon se figer, enchaîna aussitôt :

— C'est loin d'Ely et de la Snake Valley, mais ça vous dit quelque chose, shérif, ou je me trompe ?

Deacon croisa le regard gris-bleu, le soutint quelques instants, puis risqua un demi-sourire.

— C'est un endroit qui ne porte pas vraiment chance, dit-il. On y trouve des cadavres, parfois.

Bolan indiqua du menton la piste derrière eux, les corps qui la jonchaient.

— Ils avaient l'intention de vous balancer dans le lac Mead ?

— Il y a des précédents récents, fit Deacon d'une voix mal assurée.

— L'ingénieur chef Edgar Campos, par exemple…

Le nom provoqua une crispation des mâchoires du shérif. Boxcar Cave et Campos lui évoquaient des choses précises et désagréables. Le vieil homme, si solide qu'il fût, parut brusquement accuser le coup. Il s'appuya à un rocher, cherchant de l'ombre en se tâtant le crâne.

— Ils n'avaient pas seulement l'intention de vous tuer et de se débarrasser de vous, insista Bolan. Ils avaient une bonne raison de le faire ici, et j'imagine qu'avant, ils vous auraient posé quelques questions…

Le shérif baissa les yeux, essuya sa bouche aux lèvres craquelées.

— J'ai soif… J'espère que vous avez vraiment de la flotte, murmura-t-il d'une voix sourde.

— C'est une denrée rare et de plus en plus chère, pas vrai, dans le South Nevada ? L'objet de toutes les convoitises… Mais dans le comté de White Pine, l'eau coule à flots…

Sous les sourcils gris en broussaille, le regard de Jimmy Deacon trahit sa surprise autant que sa soudaine vulnérabilité.

— Qui êtes-vous, nom de Dieu ? Qu'est-ce que vous fabriquez ici ?

— Je débarque et on me raconte des choses étonnantes, shérif. Mais je ne fais que passer, rassurez-vous !

Jimmy Deacon ne savait pas sur quel pied danser, partagé entre gratitude, méfiance et curiosité.

— Ce sont des hommes de Bugsy qui vous ont enlevé, reprit Bolan en s'éloignant sur le chemin. Eddie Zarmach dit Bugsy, comme Bugsy Siegel.

Bugsy Siegel, tueur pour le compte des boss mafieux Meyer Lanski et Lucky Luciano, avait eu son heure de gloire à Hollywood dans les années 1930, avant d'« inventer » Las Vegas. Dans la base de données personnelles de l'Exécuteur, Eddie Zarmach occupait depuis quelque temps une place de choix. Tout près du premier rang.

Jimmy Deacon allongea le pas pour rattraper Bolan.

— C'est la pègre de Vegas qui a éliminé Campos, souffla-t-il.

— C'est ce qu'on m'a expliqué tout à l'heure,

avant que vos ravisseurs ne fassent irruption dans le paysage. Edgar Campos était un ami à vous ?

— Il n'a pas eu le temps de le devenir. J'ai assisté à plusieurs réunions qu'il organisait dans le Nord, notamment à Ely. Pour informer les éleveurs d'un projet…

— Le pipeline de Water for Vegas ? Il leur gâche l'existence, à vos amis éleveurs… Edgar Campos a fini par prendre leur parti, contre ses employeurs, et il l'a payé cher. C'est exact ?

Le shérif hocha la tête, essoufflé. Bolan ralentit l'allure. Un bourdonnement dans le ciel leur fit lever la tête.

— Et vous, shérif, quel genre d'obstacle êtes-vous pour ces pourris ?

Jimmy Deacon plissa les yeux face au soleil, mit sa main en visière. Dans la poche de Bolan, l'émetteur-récepteur vibra. Il l'activa, fixa l'oreillette.

— Où tu étais passé, Striker ? demanda la voix enjouée de Jack Grimaldi.

— Et toi ? Pas de casse ?

— Rien de grave, mais je risque d'être bientôt à court de carburant.

Le Bell se rapprochait. Jack siffla en survolant le tronçon de piste transformé en champ de bataille.

— Beau tableau de chasse ! commenta-t-il, ajoutant d'un ton inquiet : Tu es accompagné ?

Bolan le rassura d'un mot. Tout en lorgnant l'hélico, il observait Jimmy Deacon du coin de l'œil. Ses Santiags plantées dans la poussière, le bonhomme donnait le change, mais il était pâle. La bosse due à un coup de crosse faisait entre ses cheveux gris une excroissance mauve de la taille d'un œuf, avec du sang séché autour. Deacon y portait fréquemment la main d'un geste involontaire, et faisait chaque fois la grimace. Bolan s'éloigna de quelques pas, pour parler à Jack.

Quand il revint vers le shérif après avoir coupé la communication, le Bell Jet Ranger les survola. Jack fit un grand signe amical et continua à remonter la piste. L'Exécuteur dit en montrant l'appareil :

— Mon ami va se poser au bout du chemin, il y a un endroit propice, et vous repartirez avec lui.

Jimmy Deacon ne protesta pas. Il repartit, un peu flageolant sous le plein soleil.

— Quand je suis sorti de chez moi ce matin, il gelait, grommela-t-il en guise d'explication.

— Vous devez bien connaître une infirmière avec des doigts de fée, dans votre bled, plaisanta Bolan.

Economisant son souffle, le vieux shérif répondit d'un hochement de tête et d'un pâle sourire. Bolan allait reprendre le fil de ses questions, quand l'appareil H.F. se remit à vibrer dans sa poche. La voix de Jack éclata dans l'oreillette :

— Bon Dieu, Striker ! Ton bonhomme, le juge…

— Quoi, Jack ?

— Je vois son corps qui flotte dans le lac ! Il s'est balancé dans le vide !

En arrivant au pas de course à l'extrémité de la plate-forme, Bolan vit d'abord la Honda Civic, portière côté conducteur ouverte, arrêtée là où Franklin Ashton l'avait laissée, et qui empêchait l'hélico de se poser. Il se mit au volant, trouva la clef au contact et la déplaça d'une trentaine de mètres. Pouce levé, Jack indiqua que cela irait.

Puis Bolan gagna l'endroit d'où Franklin Ashton lui avait montré, guère plus d'une heure auparavant, les traces laissées sur la falaise par la baisse des eaux du lac Mead. En se penchant, il aperçut le corps flottant entre deux eaux à l'extrême pointe du promontoire de Boxcar Cave. Le rebord rocheux contre lequel venaient cogner les chevilles du juge était taché de sang frais. Bolan scruta la scène en essayant de comprendre, examina ensuite le sol autour de lui. Sans rien remarquer.

Derrière lui, Jack avait posé avec doigté le Bell au centre de l'espace libre. Il coupa le rotor et descendit rejoindre son ami. Ensemble, ils observèrent à nouveau le corps en croix, qui dérivait lentement et finit par disparaître dans une cavité creusée au pied de la falaise.

— Qu'est-ce qui a bien pu lui arriver ? Un accident ? Pourquoi il aurait sauté ?

Bolan haussa les épaules. Il n'avait pas la réponse aux interrogations de Jack. Puis il se retourna, se souvint qu'il avait trouvé la Honda ouverte et marcha jusqu'à elle. Il la rouvrit, examina l'intérieur, fouilla les rangements. Jack, intrigué, le vit s'allonger et tâtonner sous les sièges. Quand le Guerrier se redressa, il tenait un portable. Il passa un moment à presser les touches, puis leva la tête vers Jack et répondit à sa question :

— Ce sont des nouvelles qui lui sont arrivées. De très mauvaises nouvelles.

— Qui l'ont poussé à se suicider ?

Jack Grimaldi avait du mal à y croire. Bolan lui montra ce qu'il venait de découvrir sur le portable du juge Franklin Ashton : des photos reçues par mail une demi-heure avant, au moment où Bolan libérait Jimmy Deacon de ses liens. Trois clichés pris sous le même angle, avec un cadrage de plus en plus serré. Sur le premier, on voyait une voiture immobilisée au bord d'un trottoir en ville ; une Lexus… La glace côté conducteur avait éclaté, on distinguait alentour des débris de verre. Le deuxième cliché montrait le corps affalé à l'avant. Celui d'une femme blonde baignant dans son sang, apparemment criblée de balles. La troisième photo était un gros plan de son visage. La tête était presque détachée du tronc par les impacts, on pouvait compter les orifices d'entrée des balles… Un carnage.

Jack Grimaldi siffla entre ses dents. Il questionna :

— Qui est-ce ?

— Sa femme, j'en ai peur.

Il revint au message auquel les photos étaient jointes. Un expéditeur inconnu avait, à 14 h 10, envoyé un court message au juge Ashton : « Tu aurais dû être à sa place, *stronzo*… »

— Pas besoin de signature, hein ? remarqua Jack avec une grimace de dégoût.

— En effet.

L'Exécuteur fit à nouveau défiler les clichés, vraisemblablement pris avec un appareil numérique de qualité.

— Un pro, et aux premières loges, ajouta-t-il.

Le portable du juge était un petit bijou de technologie avancée. Bolan se lança dans une navigation à vue, se connecta à Internet, trouva un fil permanent d'information, qui offrait le choix entre d'innombrables médias. Il passa du *New York Times* à *CNN* puis au *Las Vegas Chronicle*, et c'est sur ce dernier site qu'il trouva la confirmation de l'assassinat d'Helen Ashton. Elle avait été abattue peu après 13 heures au volant de sa voiture sur Rancho Drive, à la sortie d'un parking, d'une rafale de pistolet-mitrailleur. Une deuxième dépêche faisait état de la mort instantanée de l'épouse du juge Ashton, et de la présence sur les lieux d'agents du F.B.I. L'agent Kowalski notamment n'avait pas pu intervenir à temps, pris de court par ce qui ressemblait à une « exécution par des professionnels ». Une dernière dépêche toute récente évoquait une Nissan remarquée par des témoins, avec deux hommes à bord, dans laquelle le tireur s'était engouffré et qui avait pris la fuite. Le cerveau de Bolan enregistrait, tandis que ses doigts tentaient de percer les secrets du portable de Franklin Ashton.

Il dut se rendre à l'évidence : hormis l'accès Internet à quelques services ordinaires, tout était protégé par des mots de passe. Sauf le dernier message reçu…

— Il a fait en sorte qu'on comprenne pourquoi il

s'est jeté dans le vide, conclut Bolan, en éteignant l'appareil.

Le shérif Jimmy Deacon était en train de contourner le Bell pour les rejoindre. Les épaules voûtées et le pas fatigué. Bolan alla chercher de l'eau dans une glacière, à l'arrière du Touareg. Il attendit que le shérif se soit désaltéré pour le mettre au courant.

— J'avais rendez-vous avec un juge de Las Vegas, Franklin Ashton. Protégé par le F.B.I. depuis qu'il a reçu des menaces de mort des mafieux locaux..., expliqua l'Exécuteur. Il a cru jouer au plus malin avec eux, il a berné tout le monde pour venir ici, en oubliant qu'il ne suffisait pas de semer les fédéraux pour être tranquille. Des tueurs ont massacré sa femme dans sa voiture, celle du juge. S'ils se sont aperçus de leur méprise, ça ne les a pas arrêtés... Ils l'ont abattue à sa place, et l'ont fait savoir à Ashton... Il a sauté de la falaise.

Les épaules de Jimmy Deacon s'affaissèrent un peu plus, sa respiration devint oppressée, à la vue des photos d'Helen Ashton dans la Lexus. Puis il alla se pencher au-dessus du vide et, quand il se redressa, il était livide.

— Vous le connaissiez ? demanda l'Exécuteur.

— Non, mais on comptait sur lui, à Ely.

— Les éleveurs ?

Le shérif but à grandes lampées et hocha la tête.

— Certains ont pris contact avec lui, il prétendait...

— Je suis au courant, shérif, il m'en a parlé tout

à l'heure. Vous n'avez pas l'air convaincu, vous-même…

— Je ne l'ai jamais cru de taille à les affronter, affirma sans hésiter Deacon.

— Affronter qui, au juste ? Bugsy ?

— Par exemple. Mais Bugsy n'est que le bras armé de ses maîtres… Je voudrais téléphoner à quelqu'un, vous pouvez me prêter un portable ?

Jack Grimaldi tendit son mobile au shérif. Lequel, sans chercher à masquer sa soudaine nervosité, composa un numéro.

— Pat ? C'est Jim… oui, ça va, enfin… j'ai failli…

Jimmy Deacon s'éloigna et leur tourna le dos, parlant bas avec une certaine véhémence, tâchant de rassurer son interlocuteur tout en lui recommandant de se protéger, du moins c'est ce que supputa Bolan, qui entendit le vieux s'emporter :

— Ne fais pas l'idiote, Pat ! Ils ont lâché les chiens, aujourd'hui… J'ai eu de la chance, mais Ashton, le juge… ton juge…

Jimmy Deacon parla à sa correspondante, puisqu'il s'agissait manifestement d'une femme, durant plusieurs minutes, accompagnant ses propos de gestes énervés. Quand il revint vers eux et rendit le portable à Jack, celui-ci plaisanta en lui faisant un clin d'œil :

— Quand elles ne veulent pas entendre raison, shérif, on s'arrache les cheveux !

Jimmy Deacon, la mine fermée, observa tour à tour les deux hommes. Une veine battait à sa tempe. Bolan rompit le silence :

— Ils ont tué Campos, le juge Ashton, sa femme… Qu'est-ce qu'ils vous voulaient au juste, shérif ?

— On ne saura jamais qui a tué Edgar Campos… Je doute qu'on retrouve les meurtriers d'Helen Ashton, et le juge s'est suicidé, n'est-ce pas ? Je suis le shérif d'une bourgade de 4000 habitants où il gèle au mois de juin, le matin… Bugsy, ses tueurs, ses maîtres, c'est Las Vegas, Sin City[2]… Le jeu, les filles, la drogue, des montagnes de dollars…

Jimmy Deacon s'interrompit, palpant avec circonspection son crâne tuméfié. Il reprit d'un ton las :

— Campos est venu chez nous, il a rencontré Bill Garfield, sa fille Pat, les Williams, les Clayburgh, d'autres familles de la vallée. Il a écouté leurs arguments, il les a suivis dans leurs champs, a vu les sources, les troupeaux… Et il a compris que, pour réaliser leur projet, les gens de Vegas devraient se débarrasser de tous les éleveurs de la Snake Valley. Leur marcher sur le ventre. Alors, il les a mis en garde, les promoteurs de Water for Vegas : ces bouseux là-haut, dans leurs montagnes, ne veulent pas de promesses, pas de valises de dollars. Ils veulent rester eux-mêmes… Ils savent bien que s'ils vous laissent capter leur eau, c'est tout leur mode de vie qui changera. La ville va grossir encore plus, le pipeline finira par assécher leurs nappes, pomper leur richesse, les ruiner… Campos a tenté de raisonner les gens du consortium. Il a réussi à convaincre quelques-uns d'entre eux qu'il était nécessaire de concilier les points de vue, mais d'autres ont

2. La ville du péché.

eu peur que le projet soit remis en cause, reporté aux calendes grecques… Ils ont éliminé Campos. Ils sont prêts à recommencer avec tous ceux qui s'opposent à leurs ambitions. A tuer tous ceux qui seraient assez fous pour leur résister…

Après un silence, le vieil homme ajouta :

— C'est ce que j'essayais de faire comprendre à Pat, qu'elle risquait sa peau, à présent ! Mais cette fille a le crâne encore plus dur que le mien !

— Ils ne vous ont pas enlevé et amené ici pour discuter, shérif, remarqua Bolan.

— C'est sûr, mais ils ont perdu quelque chose, et ça les rend dingues… Ils s'imaginaient que c'était moi qui l'avais récupéré…

— Qu'est-ce qu'ils ont perdu ? Ils vous l'ont expliqué ?

— Non, mais je crois qu'il s'agit d'un moyen de pression sur le sénateur Landrake…

— Un moyen de chantage, vous voulez dire ? intervint Jack Grimaldi.

Le shérif hocha la tête.

— Je suppose que oui. Landrake est un atout important pour chaque camp, si une guerre doit éclater à propos de ce pipeline. Il est populaire ici et influent à Washington. S'il penche d'un côté…

— Mais il ne penche pas ?

— Il essaye de concilier tout le monde.

— Un vrai politicien ! s'écria Jack. Il craint de se mouiller pour ou contre l'aqueduc ?

Le shérif n'était pas d'humeur à goûter la plaisanterie.

— Sa carrière est derrière lui, corrigea-t-il, et il a une réputation de type honnête…

— Mais… ?

— Il a une famille, soupira Deacon. Une femme dépressive et une fille qui lui cause du souci…

Il n'en dit pas davantage. Il donnait des signes de fatigue de plus en plus évidents.

Franklin Ashton avait lui aussi parlé de sa famille, des menaces dirigées contre les siens. En y songeant, l'Exécuteur ne pouvait pas ne pas se remémorer sa propre douloureuse histoire. Et y puiser la rage froide qui l'animait. Il songea également à l'enveloppe que le juge lui avait remise. Un témoignage qui n'était pas destiné à la justice, avait-il précisé…

Bolan proposa à Jack :

— Puisque tu dois ramener l'hélico, tu veux bien conduire le shérif à l'hôpital de Boulder City ? Son crâne est solide, mais pas autant qu'il le croit… Ses amis d'Ely nous en voudraient beaucoup de ne pas le leur rendre en pleine forme !

Grimaldi acquiesça et suggéra d'un ton ironique :

— Tu nous laisses le soin de prévenir les autorités, pour le juge… et le reste ?

— En effet, ça me paraît le plus judicieux, confirma Bolan. Notre ami saura quoi leur raconter. N'est-ce pas, shérif ?

— Est-ce que j'ai le choix ?

Bolan fit semblant de réfléchir, une ou deux secondes, avant de répondre tranquillement :

— Non.

8 CHAPITRE V

— Je te jure qu'ils étaient nombreux et sacrément armés ! répéta le géant roux de sa voix nasillarde.

— Avec un hélico en appui ! renchérit son équipier, un métis du nom de Sal Tidman, un chauffeur hors pair. On a eu du bol de s'en tirer !

— On a vraiment failli y rester, Bugsy, coincés sur cette piste de merde !

Malgré la clim qui ronronnait dans le bureau vitré, le rouquin transpirait à grosses gouttes dans son costume tout froissé. Sal Tidman, tête basse, se dandinait d'un pied sur l'autre. Derrière eux, à travers la paroi vitrée, on apercevait le Land Cruiser cabossé et couvert de poussière, stationné au milieu du parking. Le gardien était allé faire un tour, laissant les trois hommes dans le local.

Eddie « Bugsy » Zarmach montra du doigt le Toyota.

— Occupe-t'en, Sal, débarrasse-moi de cette épave, et fais bien gaffe. Y a des fédéraux partout…

— C'étaient pas des fédéraux, à Boxcar Cave, intervint le rouquin.

— Si ç'avait été des feds et aussi nombreux que tu dis, Malloy, tu crois que tu serais là à te vanter d'être en vie, connard ?

Sous le regard méprisant de Bugsy, Malloy rougit jusqu'aux oreilles, qu'il avait grandes et décollées. Il se racla la gorge mais ne répliqua pas. Eddie avait deux têtes et quarante kilos de moins que lui, il aurait pu le briser net en le serrant fort entre ses bras, mais Eddie était le chef. Rapide et froid comme un serpent. Un tueur. Capable de buter un pote pour une peccadille, sans sourciller. Depuis le temps, Malloy l'avait suffisamment vu à l'œuvre. Et il n'était pas le pote de Bugsy.

Alors Malloy resta muet et attendit que Sal ait quitté sans bruit le bureau pour murmurer, de sa voix chuintante qui témoignait de plusieurs fractures du nez :

— Je suis désolé, Bugsy, je comprends pas comment ils ont pu savoir…

— Te fatigue pas à essayer de réfléchir, l'interrompit sèchement le petit homme mince à l'élégance recherchée. Renseigne-toi et tiens-moi au courant, je veux savoir d'où vient le coup…

Malloy hocha la tête, reprit un peu d'assurance.

— Il s'est passé autre chose en début d'après-midi, poursuivit Bugsy. Des tueurs sur Rancho Drive. Une équipe venue d'on ne sait où, des pros… qui viennent marcher sur nos plates-bandes ! C'est le moment d'ouvrir grandes tes oreilles !

Le rouquin promit de faire le nécessaire. Il n'y

avait personne en ville de mieux placé que lui pour glaner des informations.

— Je la sens mal, ton histoire d'hélico et d'embuscade au lac Mead, reprit Bugsy après un silence. Le shérif s'en est tiré, et évidemment on va en entendre parler... Il n'a vu personne d'autre que Bob et Rick ? Tu es certain ?

— Je te jure, Bugsy ! Ils lui sont tombés dessus à la Connors Pass, ils l'ont assommé et ensuite, le vieux n'a pu voir personne. Pas de risque qu'on remonte jusqu'à nous.

Bugsy se frotta l'aile du nez, signe de mauvaise humeur, avant-coureur de colère. A nouveau, sa voix fut cinglante :

— Qu'est-ce que t'en sais ? Tu t'es pas barré un peu trop tôt pour avoir des certitudes ? Y a toujours un putain de risque, à mon avis !

Un risque et un bilan. Gros, le risque ; catastrophique, le bilan.

Bob conduisait le pick-up double cabine, pour l'expédition dans le Nord. Il serait remplacé avant ce soir. Pour Rick, c'était différent. Le chauve avait mauvais caractère, au point que Bugsy lui-même évitait de trop le chatouiller, mais c'était un *pistolero* de première force, qui n'avait pas froid aux yeux. A l'idée de l'avoir perdu, Bugsy sentait la moutarde lui monter au nez. Et il y avait quatre autres cadavres, là-bas, si Malloy ne lui racontait pas des salades. Bugsy étant comptable de ses troupes auprès des boss, un tel fiasco allait provoquer à coup sûr des remous dans les étages... Il était d'ailleurs temps qu'il aille en rendre compte. Il mit un terme à la discussion d'un geste de la main.

— O.K., tâche de trouver qui est-ce qui nous met des bâtons dans les roues, et magne-toi !

Le rouquin s'esquiva en vitesse, trop content de s'en tirer à si bon compte.

Durant le court trajet à pied qui menait du petit parking discret coincé entre deux chantiers à l'entrée de service de l'hôtel-casino Rimini, Eddie Zarmach réfléchit à l'étrange succession des événements. Et conclut qu'elle n'augurait rien de bon.

La casse occupait une douzaine d'hectares en bordure du désert, à la sortie de North Las Vegas en direction de la vallée de la Mort. Sal Tidman assistait, aux côtés de Bill Kuttner, le propriétaire des lieux, à la disparition entre les mâchoires d'acier d'une broyeuse d'épaves d'un Land Cruiser presque neuf, mais dont la carrosserie avait souffert, sur une piste tortueuse menant au lac Mead.

L'engin avait avalé le Toyota et allait le recracher sous forme de pavé bien taillé. De la ferraille compressée. Alentour, un océan de carcasses de tous modèles attendait d'être recyclé sous cette forme pratique à empiler, qui donnait naissance, ici et là, à des montagnes de cubes bien rangés, semblables à des jouets pour très grands enfants…

Sal Tidman avait gagné le droit d'être traité en priorité en échange d'une enveloppe rembourrée qu'il avait glissée dans la poche de Bill Kuttner. Lequel n'avait fait semblant de rien, seulement occupé à diriger par télécommande numérique sa broyeuse dernier cri. A voir le résultat, il jubilait comme un gamin maniant sa PlayStation.

Les derniers grincements de tôle émanant des entrailles de la bête se turent, un bourdonnement signala la digestion de sa pitance. Puis Kuttner pianota sur des touches et de l'arrière surélevé de la broyeuse bascula dans un godet de chariot un joli cube métallique.

— Beau boulot, Bill, apprécia Sal Tidman.

— A ton service, mec. Chez Kuttner, les amis peuvent toujours compter sur un service ! Même quand il y a de la presse !

Le gros homme gloussa de sa blague, et Sal rit de bon cœur, mais quelque chose dans l'intonation du ferrailleur le retint de prendre congé immédiatement. Quand Bill Kuttner eut éteint sa machine, Sal remarqua :

— Lorsque les amis ont besoin, c'est toujours urgent, pas vrai ?

— Sûr… y a des jours où on se demande ce qui leur prend.

— C'est parce que tu as énormément d'amis, Bill.

— Ouais, il en vient de vachement loin, alors, forcément, ils peuvent pas attendre. T'aurais dû patienter, si tu étais venu tout à l'heure.

— Sans déconner ?

Bill Kuttner se frappa la poitrine de la paume, à

l'endroit où le renflement de son veston évoquait un autre petit matelas de billets.

— T'aurais dû attendre, j'te jure… Ces gars-là étaient pas patients. Des nerveux, comme peuvent être les Mex, tu vois.

Sal Tidman cessa de sourire.

— Je vois, ouais. Des amis latinos. Tijuana ?

Bill fit claquer sa langue et leva les yeux au ciel.

— Je dirais plutôt Ciudad Juarez.

— Oh… des amis éloignés. Ils viennent fourguer leurs vieilles bagnoles pourries jusqu'ici !

Sal Tidman cracha dans la poussière, ce qui fit glousser de plus belle le ferrailleur. Celui-ci tendit le bras vers un cube concassé, au sommet d'un monticule.

— Une bagnole neuve du Nevada, tu veux dire !

— Ces enfoirés ne respectent rien.

Bill Kuttner aurait pu objecter qu'ils ne respectaient rien sauf le pognon. Et ajouter que lui-même souscrivait à cette profession de foi. Mais comme ce n'était pas l'heure des polémiques, il se contenta de tapoter sa poitrine d'un air satisfait et précisa avec un petit sourire rusé :

— Une Nissan neuve, mais petite. Tout juste une brique, au sortir de ma lessiveuse… Avec un reste de plomb dans la tôle, pour faire bon poids.

— Nos amis auraient fait de mauvaises rencontres ?

L'autre le détrompa :

— Non, je voulais dire du plomb oublié sous la banquette arrière. Un demi-chargeur de 9 mm.

*
* *

La Lincoln Stretch noire descendait à faible allure Las Vegas Boulevard South, qu'elle avait rejoint à hauteur du Rimini, édifié au milieu d'une jungle tropicale et fleuron de la Riviera Corp.

Arturo Guzman avait à peine pincé les lèvres en une moue dédaigneuse, avant de détourner les yeux du grand hôtel-casino, une tour de néon dégoulinante de lumière jaillissant des palmiers et baobabs. Assise en face de lui à l'arrière de la limousine, Dolorès Rincon, sa nièce, avait au contraire largement souri, et porté un toast.

— A nos prochaines conquêtes, Arturo ! Le Rimini sera bientôt à nous !

Ses yeux noirs brillaient, tandis qu'elle buvait le cocktail de fruits glacé tiré du bar d'acajou. Conduite en souplesse par Fernando, la Lincoln passa devant le Venetian et le Mirage, le Caesar's Palace et le Flamingo sans qu'Arturo Guzman accorde un regard aux plus célèbres établissements de l'avenue la plus chère, sinon la plus belle, de la planète. Le Strip accumulait sur des hauteurs de plus en plus vertigineuses des milliers de chambres, de salles de jeu, de machines à sous ; retenait captifs des millions de visiteurs, de joueurs hypnotisés. Brassait des centaines de milliards de dollars.

Un gâteau généreux dont les Guzman, natifs de Ciudad Juarez, et leurs parents ou alliés de Tijuana ou Culiacàn avaient fini par s'octroyer une part substantielle. A force de persévérance rusée, de pactes et de combines, de violences en tous genres aussi, les narcotrafiquants mexicains, à l'étroit dans leurs provinces, parfois inquiétés par les autorités de Mexico, avaient réussi à placer une part de leurs énormes liquidités dans l'industrie du jeu. Tables de roulettes, machines à sous et constructions d'hôtels-casinos toujours plus hauts, aux décors toujours plus délirants : Las Vegas était un chantier permanent en même temps qu'une gigantesque lessiveuse à blanchir l'argent très sale du trafic de drogue… L'endroit idéal pour prospérer, à condition de savoir s'y prendre.

Arturo Guzman savait. Il avait appris tôt, dans les faubourgs pouilleux de Ciudad Juarez, et toujours su mener adroitement sa barque, de part et d'autre de la frontière. Une épouse californienne l'y avait efficacement aidé…

Parvenu à un âge respectable sans avoir jamais connu l'hospitalité d'un pénitencier américain, il n'était pas le plus gros narco mexicain, mais assurément un des plus habiles et prudents. La preuve, il voyageait aux Etats-Unis sous sa véritable identité et son jet privé, un Grunman dûment enregistré au nom de sa société d'import-export, l'attendait à McCarran International Airport sans lui causer la moindre sueur froide.

Un narco malin, même au Mexique, avait une espérance de vie appréciable. Mais un narco malade, où que ce soit, ne pouvait rien contre les métastases. Les gardes du corps étaient impuissants à protéger des tumeurs…

A hauteur du Bellagio, Arturo Guzman poussa un léger soupir. Avec son lac et ses jets d'eau musicaux, sa galerie de peinture et sa nouvelle Spa Tower, celui-là l'avait toujours fasciné. Trois mille chambres et un revenu par table de jeu très supérieur à la moyenne. Un luxe très « profitable »... Il croisa le regard de la jeune femme et y lut qu'un jour prochain, le clan aurait un pied, au moins, dans ce temple...

Dolorès ne doutait de rien, mais Arturo Guzman, d'un froncement de sourcils, la dissuada de formuler la moindre promesse.

— Tu feras pour le mieux, dit-il d'une voix lasse. Je te fais confiance.

Elle le rassura d'un clin d'œil.

Les médecins avaient donné un an à vivre au maximum à Arturo Guzman. Dolorès le savait. Le vieux parrain avait deviné qu'elle le savait. Mais il y a des choses dont il vaut mieux ne pas parler. Arturo Guzman était superstitieux. Dolorès Rincon était ambitieuse. Chacun respectait le silence de l'autre au sujet de l'avenir. Le clan comptait encore sur Arturo, alors que celui-ci avait déjà passé la main à Dolorès. C'était entre eux un pacte secret, et tacite.

Felipe Guzman, le fils, l'héritier, adulé par son père et craint par les autres, aurait rendu les choses bien différentes, s'il avait été vivant. Mais une rafale de Skorpio l'avait prématurément emporté, dix-huit mois auparavant, alors qu'il sortait de sa Cadillac blindée pour se rendre dans les boutiques de luxe d'un centre commercial de Ciudad Juarez. Ses gardes du corps avaient riposté, on avait relevé, en plus du tireur criblé de balles, les cadavres de cinq passants qui avaient eu le tort de se trouver là. Felipe avait été enterré avec un échantillon, infime mais très représentatif, de son immense garde-robe. Quinze jours après, Dolorès Rincon avait sollicité une entrevue avec Arturo. Elle en était ressortie pâle, concentrée, mais déterminée. Arturo n'était pas reparu durant plusieurs jours. Terrassé à retardement par le chagrin, selon son médecin. Personne n'avait assisté à l'entretien, personne n'était en mesure de rapporter ce qu'ils s'étaient dit.

Durant les trois mois suivants, plusieurs morts violentes avaient endeuillé le clan Guzman, et fait craindre qu'un mauvais sort ne s'acharne sur tous les candidats potentiels à la succession d'Arturo. Mitraillages, voiture piégée, attentat à la bombe. Le vieux parrain ne sortait plus de chez lui, ne voyait que son médecin, semblait perdre la main. Dolorès Rincon avait alors débarqué au ranch Guzman, à la tête d'un convoi de quatre gros SUV Chevrolet noirs. Une vingtaine d'hommes sérieusement armés. La police de Ciudad Juarez, qui avait déjà tendance à laisser les narcos assurer eux-mêmes l'ordre public, avait carrément renoncé à intervenir. Une douzaine de cadavres supplémentaires avaient scellé la victoire de Dolorès. A Tijuana et dans l'Etat du Sinaloa, fief des narcos, on avait salué l'audace, l'efficacité et tous les mérites de la protégée d'Arturo. Elle avait des *cojones*, à coup sûr !

La mort du cousin Horacio avait particulièrement frappé les esprits et mis fin à la guerre des clans. Horacio s'était vanté de ne faire qu'une bouchée de Dolorès, et de sauver de ses griffes Arturo, devenu une chiffe sous l'emprise de la *chica*. Horacio avait disparu peu après et on n'avait jamais retrouvé son corps, mais des témoins avaient raconté quelle fin il avait eue, défiguré et émasculé au couteau par Dolorès en personne, sous les yeux d'Arturo. Lequel avait lui-même authentifié la scène, si violente et sanglante qu'elle ne pouvait avoir été inventée… Ainsi, Dolorès s'était montrée digne de son défunt père, Eduardo, un caïd de Culiacàn, adepte du dépeçage de l'adversaire au couteau de boucher, abattu de trois balles à bout portant moins d'un an après sa mésalliance avec Josefa Guzman, la sœur d'Arturo…

Ayant dépassé le Bellagio, la Lincoln longea le chantier du City Center. Trente hectares d'une fourmilière où s'investissaient au moins cinq milliards de dollars, pour doter La Vegas d'un nouveau centre urbain. La vue des grues et des panneaux où s'affichait ce que serait bientôt cette réalisation pharaonique ranima l'énergie déclinante d'Arturo Guzman. Il ne savait pas au juste combien il avait avancé dans ce mirifique programme, mais il comptait rafler dix fois sa mise, à l'horizon d'une dizaine d'années.

D'ici là, Macao aurait définitivement détrôné Las Vegas pour le titre de capitale mondiale du jeu. Avec 25% de croissance annuelle presque exclusivement générée par les casinos, Macao était le jackpot absolu. Le paradis des accros au tapis vert, des fondus de la roulette. Les maîtres de Las Vegas l'avaient si bien compris que c'étaient eux qui bâtissaient les nouveaux temples du jeu dans l'ancienne colonie portugaise, le long de Cotaï Strip et sur le modèle de Las Vegas.

Ils avaient édifié là-bas, pour deux milliards et demi, un nouveau Venetian, le plus grand hôtel-casino de la planète… Neuf cents tables de jeu et douze mille employés !

Le City Center de Las Vegas ne prétendait pas rivaliser avec Macao. Là-bas, les vrais joueurs, qui ne quittaient pas les tables de jeu ; ici, les masses de touristes en quête de fortune au retour de la Death Valley. Les mêmes sociétés qui régnaient dans le Nevada avaient exporté leur hégémonie en Chine. Elles se comptaient sur les doigts d'une seule main. Quelques pour cent d'un petit doigt, dans ce genre d'affaire, signifiaient des bénéfices colossaux…

Arturo Guzman, même s'il savait à peine situer Macao sur une carte, avait mordu dans une phalange et ne la lâcherait pas. Plus malin que ses concurrents mexicains, il avait également compris, grâce à Dolorès, le nœud du problème de Las Vegas : une table de roulette ne consommait pas beaucoup d'eau ; en revanche, un joueur devenant résident sur le Strip, fût-ce un mois par an, augmentait considérablement le besoin en eau de la ville. Or, huit mille personnes nouvelles s'installaient chaque mois à Las Vegas, et le programme immobilier du City Center stimulerait encore cet afflux. Voilà pourquoi le projet de capter l'eau de Snake Valley pour l'amener à Las Vegas grâce à un aqueduc long de cinq cents miles était si crucial, et pourquoi le consortium Water for Vegas était si déterminé à le mener à bien.

Comme si elle lisait dans les pensées de son oncle, Dolorès lui rappela :

— Je vais rencontrer Henrik et Marcus, et on réglera vite la question qui te tracasse.

Arturo Guzman fit du tranchant de la main un geste définitif.

— Ce serait des paysans mexicains, elle serait vite résolue !

Dolorès posa une main apaisante sur son bras.

— Ne t'inquiète pas…

— Tu ne crois pas que… ?

— On arrive, dit-elle pour couper court aux questions.

La Lincoln Stretch, tel un paquebot automobile de neuf mètres de long, virait majestueusement vers McCarran.

— J'ai hâte d'être rentré chez moi, murmura le vieux parrain.

Il avait tenu à accompagner Dolorès, se montrant à ses côtés pour afficher d'une part qu'elle avait sa confiance, d'autre part qu'il n'était pas encore sur la touche. Mieux valait cependant que personne ne voie dans quel état de fatigue il était après quarante-huit heures dans le Nevada. On aurait vite conclu à sa mort imminente. Alfredo Monti et son vieux complice Giuseppe Pascuoli se seraient frotté les mains. « Salopards de Siciliens ! » songea-t-il, avec dans le regard un éclair farouche.

Ils s'arrêtèrent à l'entrée d'une voie réservée menant directement au tarmac, à l'extrémité sud de l'aéroport. Dolorès se pencha et posa un baiser sur les tempes grises du narco, non sans presser au passage sa généreuse poitrine contre son bras. Le vieil homme eut un mince sourire.

— Garde-toi bien, *nina.*

Dolorès accentua juste un peu plus le contact, pour le plaisir d'entendre le souffle du vieil homme s'accélérer. Puis elle s'écarta et descendit de la limo sans rien ajouter.

Elle fit signe à Fernando qui repartit en direction des pistes et du Grunman qui attendait, avec un plan de vol déposé pour Ciudad Juarez. Là-bas, au ranch Guzman, le jet atterrirait directement sur l'aérodrome privé de la propriété…

Etourdie par la chaleur, Dolorès Rincon inspira une bouffée d'air brûlant. Elle repoussa en arrière ses cheveux frisés, d'un noir de jais, et se retourna vers les deux véhicules qui avaient stoppé derrière la Lincoln. En dépit des vitres fumées qui masquaient les visages de leurs occupants, elle sentit les regards des hommes posés sur elle.

Ils étaient quatre dans le Range Rover. Esteban à côté du chauffeur, l'œil aux aguets, comme toujours. Le Smith & Wesson .38 Special dans le vide-poches, et un deux-pouces sous la cuisse. Esteban était un fidèle, un pur produit de Culiàcan.

Dolorès se dirigea vers l'autre voiture. Un gros TrailBlazer noir version longue. Chico conduisait. Ils étaient quatre sur les deux banquettes arrière, invisibles à l'abri des glaces teintées. Dolorès savait qu'à l'avant, Cruz allait se pousser pour lui faire suffisamment de place, en prenant bien garde de ne pas l'effleurer. Mais il frôlerait la syncope en humant son parfum.

La jeune femme se dirigea vers la Chevy. En redressant la taille et en bombant la poitrine, très consciemment. Sa tenue était sage, mais sa silhouette et sa crinière noire n'incitaient pas à la sagesse.

Cruz lui ouvrit la portière. Elle monta et s'assit, d'un mouvement souple et félin. Il s'écarta aussitôt, elle referma elle-même. Le moteur tournait, Chico attendait les ordres. Dolorès prit dans le vide-poches un automatique Heckler & Koch P10, son arme favorite. Elle l'arma. Le claquement de la culasse résonna dans l'habitacle. La tension des hommes était palpable. Dolorès inspira avec délices l'air climatisé. Puis elle ordonna :

— On retourne au Rimini.

CHAPITRE VI

La fausse jungle mitée qui enveloppait le Rimini d'un écrin poussiéreux empêchait, depuis le Strip, de voir l'entrée principale, mais comme elle était beaucoup plus clairsemée sur l'arrière, Bolan avait choisi Desert Inn Road pour garer le Touareg, en bordure d'une vaste et luxueuse galerie commerçante consacrée à la mode. Posté juste en face de l'entrée des fournisseurs du Rimini, il avait surveillé les lieux un moment, puis quitté la voiture pour s'engager à pied dans les allées. La tour du Rimini évoquait, avec les flashs de couleurs criardes qui clignotaient sur sa façade, un sucre d'orge géant. Elle ne déparait pas dans le festival de mauvais goût qui faisait du Strip un grand théâtre kitsch à ciel ouvert, beau comme un billet vert et clinquant comme une machine à sous.

L'Exécuteur contourna une cocoteraie et déboucha dans une zone plus dégagée, où une plage de sable fin bordait un lac, sous des palmiers anémiques. Du côté du bar, il y avait un peu de monde, quelques corps étaient allongés à l'ombre sur des transats, mais les vagues artificielles qui agitaient mollement la surface du plan d'eau ne suscitaient aucun engouement pour la baignade ou le ski nautique. Les enseignes et les publicités indiquaient de toute façon le chemin du casino, dont l'entrée en forme de grotte enrobée de frais feuillage béait à cinquante mètres, prête à avaler des légions de visiteurs.

L'œil aigu de Bolan eut vite fait de remarquer, de ce côté-là, des hommes en faction, à leur façon de se déplacer, de regarder partout à la fois. Tous fabriqués, aurait-on dit, sur le même modèle, dont le Guerrier venait de « traiter » un échantillon à Boxcar Cave. Un rapide tour d'horizon lui confirma que la sécurité à l'extérieur du Rimini était particulièrement fournie : une douzaine de gardes, répartis en quatre trios, croisaient dans le parc et aux abords immédiats du bâtiment. Chaque hôtel-casino possédait évidemment son service de sécurité, pour veiller à l'intérieur de l'établissement à la bonne marche des affaires, mais en y ajoutant ces patrouilles, le Rimini faisait figure de champion. Eddie « Bugsy » Zarmach commandait à une petite armée de porte-flingues. Les pertes subies sur la piste du lac Mead deux heures plus tôt n'allaient pas compromettre la sécurité de ses patrons…

Un des membres du trio proche de l'entrée, un costaud au crâne rasé plus âgé que ses collègues, attarda son regard sur la haute silhouette sombre du promeneur. Une seconde de trop. En alerte, Bolan obliqua vers une zone de végétation plus dense. Il eut le temps de deviner que l'homme parlait dans le micro fixé à son oreillette. Pour qu'on le repère si rapidement, il fallait que les troupes soient spécialement sur le qui-vive.

Il acheva son tour du parc du côté nord, et buta sur un mur. Par-dessus, on apercevait des grues et des engins de chantier. Et, au-delà, d'énormes panneaux annonçant que s'élèverait bientôt à cet emplacement un nouvel hôtel-casino, à la place du New Frontier. Celui-ci était déjà trop vieux, on le rasait pour bâtir plus grand, plus haut, plus moderne…

Longeant le mur pour revenir sur le Strip, Bolan vit une voiture sortir d'un parking encastré entre le Rimini et le chantier. Et remarqua son appel de phares, auquel répondit, sur le boulevard, le même signal bref. Deux voitures identiques, des Buick plus toutes jeunes. Avec chacune quatre hommes à l'intérieur… Des fédéraux, supputa Bolan, cherchant en vain dans les parages la moindre présence policière locale.

La plus proche des Buick se gara en travers du passage desservant le parking, et trois hommes en descendirent, pour rejoindre trois collègues descendus de l'autre véhicule. Tous marchèrent de conserve vers l'entrée du Rimini. Une descente en règle…

L'Exécuteur accéléra le pas pour regagner la zone de la plage. Le bar lui fournit l'occasion de s'attarder, en même temps qu'un poste d'observation privilégié. Il n'y était pas plus tôt accoudé qu'il sentit peser sur lui le regard sans aménité du garde qui l'avait repéré peu avant. Méfiant et nerveux, l'homme avait laissé ses collègues à l'entrée et semblait chercher le premier prétexte pour se défouler. Il parlait de nouveau dans son portable et hésitait à foncer bille en tête sur

Bolan, quand l'irruption de plusieurs hommes fit diversion et accapara son attention. Le groupe des fédéraux s'était scindé. Ils étaient quatre à aborder le Rimini par son entrée principale. Bolan entendit l'un d'eux lancer :

— *Federal Bureau...*

Il ne s'était pas trompé.

Le garde bomba son large torse, fit mine d'empêcher à lui tout seul, grâce à sa carrure impressionnante, les policiers de pénétrer sur ses terres... Cela dura une seconde, le temps de se rengorger, sans craindre de faire voir, sous le veston ample déboutonné, un holster de ceinture lourdement garni. Une fois que les cartes brandies sous son nez par les agents eurent dégonflé sa fanfaronnade, le bonhomme se montra obséquieux, coopératif en diable, répondant de bonne grâce aux questions. Désignant d'un geste la grotte d'entrée du Rimini, d'un autre le parc, le bar... mais attardant de nouveau son regard sur Bolan.

A la distance où il se trouvait, celui-ci ne pouvait entendre la conversation, mais il lui sembla que les hommes du F.B.I. hésitaient, avant de contourner le garde et d'allonger le pas en direction de l'entrée. En les suivant, le balèze parlait encore dans son micro. Le groupe atteignit l'entrée. Les deux autres agents descendus des Buick demeuraient invisibles.

L'Exécuteur pressentait depuis quelques secondes le coup fourré. Il se produisit lorsque les quatre policiers franchirent le seuil de l'hôtel-casino. Le costaud les aurait presque poussés à l'intérieur. Bolan comprit pourquoi en voyant un gros 4x4 surgir de la rampe d'accès des fournisseurs, et filer vers Desert Inn Road. Les fédéraux s'étaient-ils laissé manœuvrer comme des gamins ? Bolan en doutait, et en eut confirmation l'instant d'après.

La deuxième Buick s'avança pour barrer le passage au Hummer. Les deux agents embusqués du côté de l'entrée de service coururent à découvert pour lui faire signe de stopper. Tout en se rapprochant, Bolan devina que l'énorme H2 n'en ferait rien. Et que la suite serait dramatique.

L'agent spécial qui s'était précipité face au SUV hurla un ordre qui fut couvert par le grondement du V8, puis un cri effrayé lorsque le monstre braqua droit sur lui. Le bruit mat du choc l'interrompit net. Projeté à dix mètres comme un pantin, le corps retomba dans un massif.

L'autre agent avait crié, lui aussi, puis braqué son arme. Il répéta sa sommation, écarquilla les yeux en voyant son collègue valser dans les airs. Deux détonations se succédèrent. Deux balles tirées trop haut. Le Hummer obliqua vers la pseudo-jungle, pour éviter la Buick qui pilait en travers de l'allée. Il était de taille à tout ravager sur son passage et à pratiquer la déforestation sauvage du parc… Pour le prouver, il se contenta d'écraser quelques arbres un peu tendres et de labourer la pelouse qui le séparait du boulevard. Deux projectiles de 9 mm ricochèrent sur la carrosserie. Mais l'agent spécial qui avait mis un genou à terre et abaissait sa mire pour viser les pneus suspendit son geste : la Buick lancée en marche arrière s'interposait, le risque était trop grand de toucher le collègue au volant. L'agent se releva et sprinta vers la chaussée.

Au bord du trottoir, le choc fut violent. Le H2, haut sur pattes, massif et carré comme un dogue, percuta la Buick de trois quarts arrière, enfonçant les tôles et l'envoyant dinguer vers le trottoir opposé. Le Hummer n'eut même pas besoin d'une marche arrière pour se dégager. Le conducteur braqua, heurta l'avant de la Buick qui repartit en tournoyant comme une toupie, puis se remit en ligne et accéléra. L'agent du F.B.I. qui avait tiré déboula alors en oblique sur sa droite. Voulut viser sans reprendre haleine…

Bolan distingua, par la vitre avant baissée, le passager du H2 qui pointait le canon d'une arme. Le Guerrier était à portée de voix et cria :

— Attention !

Le policier sursauta, tourna à demi la tête dans sa direction, mais il était si près de faire feu qu'il acheva son geste avant de plonger au sol. La rafale le faucha alors qu'il appuyait sur la détente de son arme de service. Les détonations se confondirent, mais au nombre des projectiles, le score était largement en faveur du tireur du Hummer. Et le résultat fut un carton impitoyable. Pour une balle du Beretta 92 qui pulvérisa la glace arrière du gros 4x4, quatre ou cinq fauchèrent l'agent spécial.

Etendu de guingois sur le rebord du trottoir, il se tenait le ventre à deux mains et tâchait de contenir ses plaintes, respirant avec une pathétique application. Bolan se pencha sur lui. Une bave rougeâtre lui coula sur le menton lorsqu'il murmura :

— *Special agent Kowalski, Federal Bureau…*

D'un geste, Bolan lui fit signe de ménager ses forces. En même temps, il entrevit, sous le pan du veston déchiré, des dégâts qui rendaient toute recommandation inutile.

Le jeune homme blond au nez busqué bougeait les lèvres sans produire un son, seulement des bulles sanglantes.

— Bugsy ? prononça Bolan en regardant dans la direction où le gros Hummer avait disparu.

Un battement de cils, une crispation des traits. L'agent Kowalski avait des tas de choses à raconter, sans doute, mais cela se bousculait en désordre dans sa tête, et ne parvenait qu'en lambeaux inaudibles dans sa bouche. Les deux poings serrés enfoncés sous son estomac, pour retenir tout ce qui ne demandait qu'à se répandre sur le goudron, mobilisaient ses dernières forces.

— C'est Bugsy qui a tué Helen Ashton ? articula Bolan en se penchant.

Pour autant qu'il pouvait l'interpréter, le mouvement de tête était de dénégation.

— Enzo Brancolli, alors ?

A coup sûr, cette fois, en se tordant sur le sol, Kowalski répondit que non, l'inconnu qui le questionnait faisait fausse route…

Des appels retentirent derrière eux, dans les bosquets du parc, et du coin de l'œil, Bolan aperçut une forme en train de s'extraire péniblement de la Buick endommagée par le Hummer. A moitié assommé, le conducteur titubait. Puis l'Exécuteur baissa les yeux et vit les poings de l'agent Kowalski se relâcher graduellement.

Juste avant que ses ultimes forces le trahissent, le policier blond au visage étroit et au nez busqué voulut fixer le type penché sur lui. Une silhouette sombre, un visage étrangement sculpté, et, dans le regard, une intensité qui donnait l'impression qu'à la seule force de sa volonté, l'inconnu parvenait à le maintenir, lui, Kowalski, encore un peu en vie... Les yeux du blessé s'agrandirent, mais il eut beau les écarquiller, il ne vit personne au-dessus de lui. Un sursaut inutile lui fit tourner la tête vers la chaussée. Une ombre s'éloignait, elle disparut et l'éclat aveuglant du soleil fut la dernière sensation qu'éprouva Kowalski, en laissant son corps glisser, ses poings se dénouer, ses tripes couler hors de lui, en même temps que sa vie.

Dans le rétroviseur, Bolan vit s'agiter un groupe compact, au milieu de Desert Inn Road. Il tourna dans la première rue transversale, contournant le complexe commercial pour rattraper le Strip un peu plus au sud.

La prudence l'incitait à s'éloigner du lieu de la fusillade, pour éviter d'attirer l'attention des policiers qui n'allaient pas manquer de rappliquer en grand nombre dans les parages. On a beau être l'ennemi juré des mafieux, on n'est pas pour autant dans les petits papiers de la police fédérale... Avant tout, l'Exécuteur n'avait pas de temps à perdre. Il avait toujours mieux à faire que de répondre à des questions. Même l'agent Kowalski, en mourant, s'en était peu ou prou persuadé…

Bolan stoppa au croisement du Strip. Hésita, puis, quand le feu passa au vert, tourna en direction du Rimini. Les sirènes des ambulances et les ululements des voitures de police retentirent brusquement de toutes parts. En les entendant converger vers lui, en voyant les véhicules surgir de partout, il eut l'impression d'être au centre d'un filet dont les mailles se resserraient. Mais les deux gros Dodge de la police de Las Vegas qui le doublèrent ne lui prêtèrent aucune attention, pas plus que les trois Ford débouchant sous son nez au coin de Sands Avenue, dans un concert de klaxons et de gomme brûlée.

En moins de deux minutes, toute présence autre que policière sembla avoir disparu de cette portion du boulevard. A croire que le Touareg s'était aventuré dans un périmètre interdit.

Puis, aux abords de l'esplanade à l'extrémité de laquelle s'élevait le majestueux Wynn Las Vegas, Bolan repéra devant lui deux SUV qui quittaient une aire de stationnement réservée et passaient à faible allure devant le Rimini. Et il eut l'intuition de n'être pas tout à fait le seul curieux dans les parages.

Esteban, assis à côté du chauffeur dans le Range Rover qui ouvrait la marche, rigola dans le portable :

— Tous les flics du Nevada vont jouer au Rimini, cet après-midi, ma parole !

Le bruit des sirènes et le passage en trombe des

voitures de police n'avaient pas altéré le sourire satisfait des porte-flingues.

— Ils vont faire sauter la banque ! plaisanta en retour Cruz, dans le TrailBlazer.

— Et interrompre la sieste de Giuseppe ! Le vieux singe va faire la gueule !

Le sous-entendu déclencha des rires dans le Range. Cruz allait renchérir, mais le coup d'œil en coin de Dolorès le dissuada. Un coup d'œil noir. Ces yeux-là, étirés sous les longs cils, veloutés et brillants, aux prunelles brûlantes comme la braise, pouvaient décocher des flèches glaciales. Cruz n'en revenait pas, chaque fois qu'il encaissait un tel avertissement.

— C'est bon, Esteban, lança-t-il sèchement dans l'appareil, on se retrouve comme prévu tout à l'heure. Ouvre l'œil.

Il coupa la communication et les plaisanteries salaces au sujet du vieux Giuseppe et des filles choisies pour agrémenter ses siestes restèrent confinées dans le Range. Celui-ci tourna à droite le long du Riviera, pour rejoindre Paradise Road, tandis que le Blazer continuait sur le Strip.

Les hommes ne parlaient plus, Chico accéléra, jetant des coups d'œil répétés à son rétroviseur. L'épaule appuyée à la portière, Dolorès Rincon ne regardait pas à l'extérieur, mais fixait l'écran de son portable. Elle avait passé deux appels, durant le quart d'heure écoulé, laissé un message, une courte phrase prononcée d'un ton sec. Elle avait mentalement accordé dix minutes à Marcus Lipheimer pour la rappeler.

La sonnerie retentit au bout de huit minutes

quarante exactement. Aucun numéro ne s'affichait, mais elle n'avait aucun doute. Elle patienta avant de prendre l'appel. Reconnut la voix haut perchée. La jugea stressée.

— Où veux-tu qu'on se voie ?

— Même endroit que la dernière fois, dans une demi-heure.

Marcus Lipheimer soupira, mais ravala sa contrariété.

— O.K. J'appelle Henrik…

— Il est déjà prévenu, fit sèchement Dolorès.

Elle coupa, éteignit le portable. Sourit dans le vide.

Henrik Bergen et Marcus Lipheimer. Ses alliés dans la bataille qui venait de commencer. Tous deux savaient qu'Arturo Guzman, arrivé en début de semaine à Las Vegas, entendait accélérer le cours des choses. Ils n'avaient rien contre. Ils devraient maintenant comprendre que c'était elle, Dolorès, qui désormais imposerait le rythme.

Elle avertit Chico :

— Assure-toi que personne ne nous colle…

Puis glissa à Cruz, avec un sourire et une œillade :

— C'est parti pour la dernière manche…

Lancé à la volée à travers la suite, le portable frôla la tempe de la blonde et fracassa un miroir accroché au mur. Les morceaux de verre dégringolèrent sur les tablettes garnies de pots et de flacons, dont un grand nombre s'éparpilla sur le sol, se brisant sur le marbre de Carrare.

Les yeux écarquillés de frayeur, la jeune fille vit son reflet dans la glace se fissurer avant d'éclater et de disparaître. Elle poussa un cri de souris terrifiée. L'exclamation de colère de Giuseppe, derrière elle, fit trembler les murs et la tétanisa. Ce n'était pas après elle qu'il en avait, mais elle n'était pas sûre que cela fasse une différence !

Elle ne comprenait rien à ce qu'il disait, ce n'était même pas de l'italien, dont elle savait reconnaître quelques mots, depuis qu'elle était admise dans la luxueuse suite du dernier étage, afin de partager l'intimité du maître des lieux. Des jurons et des insanités, dans une langue aux intonations gutturales qui claquaient comme des balles…

La fille se mit à trembler, lâchant à ses pieds le bâton de rouge avec lequel elle était en train de retoucher le maquillage de sa large bouche. Des larmes jaillirent de ses yeux, délayant le fard tout frais qu'elle venait d'y appliquer très consciencieusement. Sous la nuisette transparente, ses seins blancs furent soulevés par une houle de sanglots…

Derrière elle, le vieil homme éructait, en marchant de long en large. N'osant pas se retourner, elle devina qu'il parlait dans un autre appareil. Elle recula vers l'angle de la pièce, sursautant quand ses pieds nus se blessèrent sur des éclats de verre. Mais elle se mordit les lèvres et réussit à ravaler ses plaintes, à défaut de contrôler ses pleurs.

Le lit King Size où elle se préparait à rejoindre Giu,

comme il aimait se faire appeler dans ces moments, semblait tout à coup relégué à des années-lumière. Rencognée contre le mur, la blonde aurait voulu disparaître, ou au moins se faire aussi petite et insignifiante que possible. Elle comprit le mot « flics », entendit prononcer le nom de Bugsy et réalisa que Giu était revenu à l'américain, sinon au calme.

— Dis aux fédéraux que j'arrive et préviens Alfredo tout de suite, bordel ! hurlait-il.

Un silence, puis sa voix monta encore. Vibrante de fureur.

— J'ai essayé de les joindre, mais ils ne répondent pas ! Ni l'un ni l'autre de ces enfoirés ! Messagerie ! Rien à foutre… !

Une autre bordée de jurons. La blonde rougit malgré elle. Elle s'appelait Candy et, à Cedar City, le bled de l'Utah où elle avait grandi, ce genre de langage était inconcevable… Beaucoup d'autres choses aussi, évidemment, que jusqu'à il y a quelques mois et son arrivée à Las Vegas, Candy n'aurait même pas imaginées… Mais à force de les voir faire, de s'entendre prier de les faire et de les faire finalement d'elle-même, sa capacité d'être choquée s'était considérablement amoindrie. En quelques mois sur le Strip, Candy s'était sacrément dessalée ! N'empêche, les blasphèmes proférés par Giu la faisaient rougir plus que tout le reste…

Elle l'aperçut qui s'éloignait en gesticulant, une main étreignant le portable, l'autre, prolongée par un énorme cigare, boxant l'air avec des mouvements saccadés, des pirouettes agressives. Parvenu face à la baie vitrée à l'autre bout de la suite, Giu fit demi-tour. Les pans de son kimono s'ouvrirent sur son corps sec et noueux, à la peau olivâtre. Malgré son âge, le caïd était en forme, une santé insolente qui faisait sa fierté et sa réputation. Sous le kimono, il était en caleçon, mais la bosse proéminente que Candy avait lorgnée tout à l'heure avec convoitise s'était comme volatilisée. La vigueur invariablement affichée par Giuseppe Pascuoli, dont la jeune blonde, parmi tant d'autres bénéficiaires, se sentait à juste titre responsable, était tout à coup aux abonnés absents, comme les amis Henrik et Marcus, que Giu continuait à maudire dans l'appareil.

— Je te paie pour quoi, mange-merde d'avocat ? hurla-t-il en se remettant en marche. Trouve-les ! Et dis bien à Alfredo qu'il a intérêt à rappliquer ! Tout de suite ! Parce qu'on est tous dans la merde, avec cette histoire qu'on veut nous coller sur le dos !

Il referma le portable, fit mine de le balancer contre un mur, se ravisa, se contentant de passer sa rage sur un vase, qu'il pulvérisa d'un coup de poing. De l'eau et des pétales de fleurs giclèrent, avec quelques échardes de cristal, jusqu'au coin de la chambre où Candy était recroquevillée. Elle cria. Du coup, Giuseppe parut s'apercevoir de sa présence, et obliqua droit sur elle. Candy se remit à trembler. Il l'agrippa par le poignet.

— Qu'est-ce que tu fous là, à m'écouter, toi ? Barre-toi !

Elle hocha la tête, incapable d'articuler. Giuseppe lui postillonnait au visage, en la tirant vers le centre de la pièce. Il la frappa d'un revers de main, alors qu'elle tentait un pas de côté vers la chaise où elle avait posé ses vêtements. La projeta d'une bourrade vers la porte.

— C'est quoi, ton nom, déjà ? Cathy ? Cynthia ?

— Candy, bredouilla-t-elle en se rattrapant au bord du lit.

— Mais ton nom ?

— Candy Backman… Mes habits…

Giuseppe Pascuoli saisit le bord de la nuisette et tira. Le tissu se déchira, dévoilant la nudité du corps potelé. Giu raffolait des chairs jeunes et fermes.

— Pas besoin de vêtements, Candy Backman ! Tu te casses à poil ! Je sais où te trouver, n'oublie pas ! Fous le camp !

Il brandit un poing menaçant. Entre les phalanges poilues, le cigare se chiffonna, des cendres s'éparpillèrent. La jeune fille recula précipitamment, levant les bras devant son visage, pour se protéger. Giuseppe Pascuoli ricana, les traits du visage figés, les yeux étrécis, luisant de fureur.

Candy eut une pensée fugace pour la fille qui l'avait mise en garde, des semaines auparavant, contre les accès de fureur du vieux Sicilien. Candy ne voulait pas y croire. Giu l'avait remarquée, invitée à sa table, au lounge bar du deuxième étage du Rimini…

— Il a l'air gentil… et puis il a au moins soixante ans…

Elle avait pouffé et ajouté :

— Remarque, au lit, on dirait pas…

— Méfie-toi de lui, parfois, il devient comme dingue, à fiche la trouille… J'en sais quelque chose !

Candy était à cet instant incapable de se rappeler le prénom de cette jolie brune, mais elle devait bien admettre que…

Elle fit un bond en arrière en poussant un hurlement. Se débattit, adossée à la porte. Les doigts couverts de poils noirs chiffonnaient l'extrémité du havane sur sa peau blanche, à la naissance d'un sein. Même éteint, le cigare était encore chaud. La brutalité du geste et la sensation de brûlure suffoquèrent la jeune fille. Elle tâtonna follement à la recherche de la poignée de porte, tout en essayant de repousser la main qui achevait de mettre en pièces le cigare en l'écrasant sur sa poitrine. Le battant s'ouvrit, elle tomba à la renverse sur le palier.

— Toujours dans mes pattes à m'écouter, à m'espionner ! continuait de vociférer Giuseppe Pascuoli. Fous le camp, disparais, Candy Backman ! Je te retrouverai, où que tu ailles, si tu ne fermes pas ta gueule !

Pour finir de se débarrasser de la blonde, il lui décocha un coup de pied dans les chevilles, puis claqua violemment la porte et fit volte-face.

Un troisième portable, parmi la demi-douzaine que possédait Giuseppe Pascuoli, se mit à sonner sur le secrétaire en bois de rose qui faisait face au lit. Shootant au passage dans les fleurs qui jonchaient le sol, il alla décrocher.

Sur cet appareil-là, ce ne pouvait être qu'un employé

du Rimini. Wallace, en l'occurrence. Le chef de la sécurité.

— Désolé d'insister, patron, mais les feds s'impatientent ! Ils ne vont pas tarder à monter !

— J'arrive ! Dis-leur que j'arrive tout de suite. Je m'habille et je descends… Il n'y a pas de flics d'ici pour les calmer, bon Dieu ?

— Dawson vient d'arriver, soupira Wallace.

— Bon, ça va calmer les choses, non ?

Nouveau soupir, puis Wallace murmura :

— Deux types sur le carreau, plus un autre dans le cirage, les feds vont pas se calmer si facilement…

— Sur le carreau… ? répéta stupidement Giuseppe.

— Exactement comme je vous le dis, patron.

Giuseppe Pascuoli ne prit pas la peine de refermer le portable, ni de couper la communication. En hurlant une imprécation sicilienne à la Vierge Marie et à sa progéniture, il jeta le téléphone par terre et l'écrasa d'un coup de talon rageur.

CHAPITRE VII

Pour la seconde fois, le TrailBlazer fit une manœuvre brusque, coupant les files de circulation sur Flamingo Road pour bifurquer vers le campus de l'Université. Un break dut piler pour ne pas être embouti, et un concert d'avertisseurs vindicatifs salua la disparition du chauffard dans Maryland Parkway. Le gros SUV noir accéléra vers le sud.

Alerté par le premier changement de direction intempestif du Blazer sur Paradise Road, Bolan avait gardé ses distances et surtout les yeux ouverts, s'attendant à une autre tentative de déjouer une éventuelle filature.

Au croisement de Flamingo et Maryland, il était distancé, au risque de perdre de vue le Blazer. Mais lorsqu'il tourna à son tour, il l'aperçut au loin, reconnaissable dans la circulation à son imposant volume. Il virait vers la gauche. Bolan l'imita quelques secondes plus tard. Tropicana Avenue traversait tout Las Vegas d'est en ouest. Le Blazer roulait vers l'est, à une allure plus modérée. Bolan avait réduit l'écart de plus de moitié, quand sans prévenir le SUV profita d'une éclaircie dans la circulation du côté opposé pour traverser la chaussée et s'engouffrer dans une petite rue transversale. Impossible cette fois de faire pareil. Bolan roula jusqu'à Eastern Avenue qu'il remonta vers le nord, scrutant les parages en comptant sur la chance, et aussi sur l'intuition que le Blazer ne devait plus être loin de sa destination.

Quant à deviner qui étaient ses occupants, et pourquoi ils étaient si prudents, c'était une autre affaire. Bolan approchait d'un carrefour, quand il vit dans son rétro le Blazer qui traversait Eastern Avenue. Aussitôt qu'il eut disparu, le Guerrier accéléra, prit à droite la première rue et ralentit ensuite, longeant le trottoir, guettant la réapparition du gros SUV. Il se trouvait dans les environs de Paradise Park, au cœur d'un quartier résidentiel quasi désert à cette heure creuse de l'après-midi, un entrelacs de petites rues, d'impasses bordées de petits immeubles parfois noyés dans une verdure exubérante, comme pour narguer le désert tout proche.

Bolan tourna deux fois, explorant au ralenti les deux côtés de Harmon Avenue. L'enseigne de la Casa Goya attira son regard alors qu'il allait poursuivre sa route vers le freeway de Boulder City.

La Casa Goya était un petit hôtel flanqué d'un bar, au coin de Topaz Street et d'un Paseo Malabar qui s'achevait en impasse sur une haute grille surmontée de caméras de surveillance. Il y avait devant la grille trois places de stationnement réservées à l'usage de la Villa Malabar, et sur l'une d'elles, le TrailBlazer était garé…

De l'extérieur, il n'y avait pas moyen de distinguer quoi que ce soit, ni dans le bar ni derrière la grille de la Villa Malabar… Bolan roula jusqu'au prochain carrefour et se gara. Il ne s'était pas écoulé plus de deux minutes qu'une Bentley s'approcha, remontant Topaz Street en sens inverse. Au passage, l'Exécuteur capta le regard insistant du chauffeur dans sa direction. Distingua deux silhouettes à l'arrière de la voiture. Puis il aperçut, dans le rétro extérieur, la Bentley qui mettait son clignotant et tournait dans le Paseo Malabar. D'où elle ne réapparut pas. Cinq autres minutes s'écoulèrent, sans qu'aucune voiture emprunte cette portion de rue, ni que se produise aucun signe de vie.

Bolan allait descendre de voiture pour se rendre à pied à la Casa Goya quand son portable sonna. Un appareil ordinaire fonctionnant avec une carte prépayée, qu'il avait acheté à McCarran Airport. Il répondit et reconnut la voix de Jack Grimaldi.

Au même instant, dans le rétroviseur intérieur du Touareg, il vit stopper derrière lui, à une centaine de mètres, soit juste à la hauteur de la Casa Goya, un Range Rover noir dont personne ne descendit…

L'agent spécial Brian Nichols observait l'ambulance qui manœuvrait en marche arrière sous les cocotiers, pour se ranger en bordure de la plage du Rimini, à côté de celle qui était déjà stationnée là. Nichols avait les mâchoires serrées et le regard des mauvais jours. Immobile sous le soleil, insensible à la chaleur, dans un costume clair qui paraissait étriqué pour sa carrure.

Du côté du bar en plein air, l'équipe des premiers secours avait sué sang et eau pour sauver la vie de l'agent Mac Cullaugh. En vain. Percuté de plein fouet par un Hummer H2 sortant à vive allure du parking souterrain du Rimini, l'agent du F.B.I. avait succombé à ses blessures dix minutes après qu'on l'eut ramassé dans les bosquets bordant le parc du côté de Desert Inn Road. Son corps était allongé à côté de celui de l'agent spécial Roman Kowalski, abattu d'une rafale de pistolet-mitrailleur par les occupants du même Hummer H2.

L'agent Collins, enfin, dont le crâne bandé s'apercevait à l'arrière du véhicule des pompiers, était encore sous le choc, mais s'en tirait infiniment mieux que ses collègues. Il avait eu la bonne idée de garder sa ceinture de sécurité attachée, alors qu'il attendait au volant de la Buick. Le Hummer avait à moitié écrabouillé la voiture des policiers, mais les cervicales de Collins avaient tenu le choc. Revenu de son évanouissement passager, le policier avait pu témoigner de l'enchaînement des faits. Ses collègues, les quatre agents qui étaient à l'intérieur du Rimini au moment de la fuite du Hummer, faisaient grise mine et regardaient leurs chaussures, tandis que Brian Nichols, le chef de l'antenne du F.B.I. à Las Vegas, débarquait d'une Impala avec son adjoint Mike Evans et se faisait raconter le drame.

— Il y avait un autre homme près de la rampe

du parking, avait expliqué Collins. Il a couru vers Kowalski en criant, quand les coups de feu…

— Un autre homme que Mac Cullaugh et Kowalski ? avait questionné Nichols, incrédule.

— Oui, sûr ! Un grand type en costume sombre avec un sac à dos. Je le vois encore, penché sur Kowalski…

— Et après ?

— Après… ? Rien… Je ne sais pas où il est passé.

Brian Nichols avait demandé à ses hommes d'interroger tout le monde, de chercher les indices d'une présence supplémentaire sur les lieux. Collins n'en démordait pas, mais il était le seul à avoir aperçu ce témoin posté aux premières loges…

Tout le monde en revanche avait vu arriver, dans une Chrysler Sebring flambant neuve, Me Freyburger, de Freyburger & Harskill, le cabinet d'avocats qui défendait de longue date les propriétaires d'un grand nombre d'hôtels du Strip, dont Giuseppe Pascuoli, l'un des propriétaires du Rimini. Il n'était pas question que ce dernier parle aux policiers, ou même se présente à eux, avant que Me Freyburger soit sur place. Il n'était pas question non plus de déranger les joueurs, d'interrompre l'activité aux tables, de perturber le moins du monde l'incessant flux de l'argent passant de la poche des clients à celle du casino. Les agents du F.B.I. en étaient réduits à garder à l'œil les vigiles du palace, à fouiller le parking, à demander où était passé Eddie Zarmach, et à n'obtenir aucune réponse…

Les hommes du *Las Vegas Police Department*

avaient à leur tour débarqué, emmenés par Dawson, un inspecteur chevronné qui semblait dans l'établissement aussi à l'aise que chez lui, parlant à Wallace, le chef de la sécurité, comme à un vieil ami, et ne tardant pas à assurer que si Bugsy n'était pas sur place, c'est qu'évidemment il était ailleurs, au moment de la fusillade. Les agents du F.B.I. montraient les dents mais se contenaient, en attendant de pouvoir cuisiner Pascuoli, le boss, au sujet de son bras droit…

Nichols et Evans faisaient ostensiblement la gueule à Dawson, évitant même de le croiser.

Alors que les corps des deux policiers tués étaient glissés dans des sacs et enfournés à l'arrière des ambulances, sous le regard fixe et noir de Nichols, son adjoint Evans sortit du palace et vint lui annoncer :

— Pascuoli est enfin descendu.

— Pas trop tôt. J'arrive.

— Il a eu tout loisir de téléphoner, et pas seulement à son avocat.

— On pourra peut-être récupérer ses portables, les analyser, suggéra Nichols sans trop y croire.

Les regards des deux hommes convergèrent vers les ambulances.

— Le Hummer ? s'enquit Nichols.

— Aucune trace. Ni de Zarmach.

— Et la garde rapprochée ? Les Brancolli, Malloy, Tidman ?

Evans fit la grimace.

— Il se passe des trucs, dit-il. Aucun de ceux-là dans les environs, et si Bugsy était dans le Hummer, je ne pige pas ce qui lui a pris…

— Il a eu peur, fit Nichols après un silence. On l'a prévenu de notre visite et il a pété les plombs...

Les portières des ambulances claquèrent.

— Où sont les autres caïds ? poursuivit Nichols. Tranquilles dans leurs pénates ? Il faut mettre tout le monde en chasse, pour piger ce qui se trame. Parce qu'il se trame quelque chose, c'est certain.

Evans acquiesça.

— Et sans rien dire aux flics d'ici, insista Nichols d'une voix sourde, pleine de rancœur. Ce Dawson, je l'étranglerais de mes mains...

Evans allait repartir, pour donner des ordres. Nichols ajouta, pensif :

— C'est Ashton qui a tout déclenché... Où est-ce qu'il est passé ? Et sa femme... ?

— Abattue par erreur, vous croyez ?

Ils en discutaient une heure avant, devant la Lexus mitraillée et pleine de sang d'où l'on avait extrait le cadavre d'Helen Ashton, quand le tuyau leur avait été transmis du Q.G. d'Union Park, dans le centre. Un coup de fil anonyme, pour balancer la dernière blague colportée sur le Strip : Bugsy roule en Nissan et exécute des femmes seules, à présent ?

— Par erreur ou pas, on s'est servi de ça pour nous envoyer ici, mettre la pression sur Bugsy et ses sbires. Et ça a marché...

— Preuve que Bugsy y est pour quelque chose, non ? Pour réagir aussi violemment... S'il était dans le H2, évidemment.

— Peut-être, admit Nichols. Peut-être aussi que quelqu'un nous balade...

— En attendant que le vieux Pascuoli nous fasse son numéro digne de l'Actor's Studio…

Les deux ambulances virèrent sur le Strip, toutes sirènes hurlantes bien qu'il n'y eût aucune urgence désormais pour Mac Cullaugh et Kowalski.

— Qu'est-ce que Kowalski a dit au juste, à propos du tireur qui a rafalé Helen Ashton ? demanda Brian Nichols alors que les deux hommes marchaient vers l'entrée en forme de grotte du Rimini.

Evans fronça les sourcils, réfléchit un instant et répondit :

— Pas grand-chose, il était trop loin de la scène pour intervenir, le temps qu'il accourre, la Nissan était déjà loin. Le tueur était jeune, brun frisé. Un signalement très vague. Mais Kowalski a entendu quelque chose, après la rafale, quand le tireur est monté dans la Nissan. *Vamos !* C'est ce qu'il a cru entendre…

L'agent spécial Brian Nichols hocha la tête, jeta un coup d'œil à son adjoint et lança d'un ton sarcastique :

— Notre ami Bugsy, en plus de rouler dans une petite Nissan, parlerait espagnol, maintenant ?

— J'ai laissé le shérif d'Ely à l'hôpital de Boulder City, annonça Jack Grimaldi, mais cela m'étonnerait qu'il y reste longtemps. Il avait une idée derrière la tête, en plus de sa belle bosse !

— Quel genre, à ton avis ? demanda l'Exécuteur,

sans quitter des yeux, dans le rétro, le Range Rover à l'arrêt.

— Le genre à ne pas attendre qu'on vienne lui écraser les pieds. Il a rappelé la même personne…

— Pat Garfield ? supputa Bolan.

— Sans doute. Une autre aussi, une huile du secteur, à ce que j'ai deviné. Je te donne les numéros ?

Bolan prit note des numéros conservés dans la mémoire du portable de Jack. Il songeait à l'enveloppe remise par le juge Franklin Ashton, tout en surveillant le Range du coin de l'œil.

— A propos du juge, je n'ai averti personne, pour ma part, reprit Jack. Je n'ai pas eu l'impression que Deacon soit pressé de répandre la nouvelle de ce qui s'est passé au lac Mead.

Bolan enregistra l'information sans mot dire.

— Tout va bien, Striker ? reprit Grimaldi, avec un soupçon d'inquiétude dans la voix.

— Jusqu'à présent, oui, mais cela ne durera sans doute pas.

Ne sachant s'il plaisantait, Jack se contenta de préciser :

— Si tu as besoin de quoi que ce soit… je reste à l'aéroport de Boulder City, et je dispose du Bell jusqu'à demain soir…

Il avait la veille emmené des touristes pour une excursion en hélicoptère au-dessus de la vallée de la Mort, il recommençait le lendemain. L'entreprise à laquelle il proposait (très) ponctuellement ses services était dirigée par un de ses amis, ancien pilote de l'armée. Une couverture comme une autre…

— J'ai deux ou trois vérifications à faire dessus, mais les dégâts sont minimes, ajouta-t-il. Alors si tu…

— Merci, Jack, je te tiens au courant, l'interrompit abruptement Bolan avant de couper la communication.

Les portières arrière du Range venaient de s'ouvrir ensemble. Deux silhouettes en sortirent. Deux types jeunes et bruns. Le plus grand avait des cheveux longs frisés, des lunettes de soleil à verres réfléchissants. Un veston déboutonné, et la main droite tout près de la hanche, déjà…

L'autre, trapu, en chemisette, un blouson de toile plié sur l'avant-bras, observait les immeubles de part et d'autre de la rue, en avançant parallèlement à son compagnon, mais sur la chaussée.

A coup sûr, tous deux se dirigeaient vers le Volkswagen.

Trente pas derrière eux, le Range Rover décolla lentement du trottoir. En couverture…

Le bar attenant à la Casa Goya était désert, à part le renfoncement vitré aménagé en salon où s'étaient installés les quatre visiteurs, trois hommes et une femme. Dans le patio qui le séparait de l'hôtel, les gardes du corps patientaient : un Mexicain et deux Américains. Ils n'avaient rien à se dire et restaient à distance les uns des autres. Simplement attentifs. Des chiens bien dressés, prêts à réagir à un signe de leurs chefs, qu'ils pouvaient voir à travers la baie.

Dolorès avait naturellement pris place sur la banquette de cuir adossée au mur du fond. Après avoir servi des boissons, Cruz s'était perché du bout des fesses sur un tabouret proche. De l'autre côté de la table basse, Marcus Lipheimer et Henrik Bergen s'étaient assis légèrement de biais, pour ne pas tourner le dos à la salle.

Dolorès avait annoncé sans préambule que le F.B.I. venait d'investir le Rimini, où une fusillade avait coûté la vie à deux agents fédéraux. Le très blond et très bronzé Henrik Bergen était déjà au courant et sa figure chevaline, en toutes circonstances impassible, n'avait rien exprimé. En plus d'être un redoutable joueur de poker, Henrik régnait sur un parc de machines à sous qui en faisait l'un des hommes les plus riches du Strip, bien qu'il n'y possédât quasiment rien en son nom propre.

— Si Bugsy a fait des conneries, avait ajouté Dolorès, les Siciliens vont avoir chaud aux fesses…

Henrik avait approuvé d'un hochement de tête. Marcus Lipheimer s'était raidi sur son siège, ses petits yeux mobiles allant d'un visage à l'autre. L'ancien croupier avait toujours l'air de suivre une boule lancée dans une roulette. Avec son physique insignifiant, il ne payait pas de mine, mais il avait plus souvent qu'à son tour joué les bons numéros. Notamment le meilleur de tous : celui du syndicat des employés des casinos, dont il était un rouage essentiel…

C'est lui qui rompit le silence, de sa voix de fausset :

— Quelles conneries ?

Dolorès parvint à accrocher son regard durant une seconde, avant de répondre :

— Buter la femme d'un juge, et puis s'enfuir en tirant sur les agents fédéraux… Ça ne te suffit pas, comme foutue connerie ?

Marcus se tortilla sur son siège. Il savait, comme tout le monde à Las Vegas, ce qui était arrivé en début d'après-midi à Helen Ashton. La rumeur qui imputait à Bugsy cette exécution lui était parvenue, bientôt supplantée par une autre : le rouquin Malloy, un des piliers de l'équipe de Bugsy, cherchait des tuyaux sur une équipe de tueurs latinos…

Marcus avait peur de Bugsy et de sa troupe. Il était familier des chiffres, des bilans comptables, des paperasses et des roulettes trafiquées ; pas des flingues. Il avait peur aussi de Giuseppe Pascuoli et de ses colères. Et Alfredo Monti l'impressionnait, avec ses manières de grand seigneur et ses conseillers financiers. Du coup, parce qu'elles impliquaient la mise sur la touche des deux vieux caïds siciliens, les ambitions avouées de Dolorès l'effrayaient, même si Arturo Guzman les encourageait de tout son poids, qui était considérable. Même si l'intéressement de Marcus dans le consortium Water for Vegas lui faisait espérer, à travers le syndicat, des gains mirobolants. Marcus Lipheimer était peureux mais avide.

— Si encore ce *motherfucker* avait éliminé le juge Ashton ! insista la jeune femme. Mais une erreur sur la personne, c'est impardonnable !

Sa jolie bouche rouge sang aux lèvres humides prononçait avec délectation l'argot des rues américain.

— Qu’est-ce que les fédéraux ont contre Bugsy ? voulut savoir Marcus.

— Des soupçons, j’imagine, puisqu’ils ont débarqué en force au Rimini… Et s’ils ont l’opportunité de mouiller Bugsy dans le meurtre des deux flics…

— … son avenir est limité, et celui de Giuseppe très compromis ! enchaîna Henrik. Mais vu son âge, pour Giuseppe, son avenir est derrière lui, c’est une évidence…

Marcus observa tour à tour Dolorès et Henrik. La Mexicaine et le Scandinave. Le feu et la glace. Si dissemblables qu’ils paraissent, ces deux-là menaient leur barque adroitement, apparemment main dans la main. S’il voulait sauter dedans, il fallait que Marcus ose franchir le pas et choisisse son camp ; c’était bien l’objet de ce rendez-vous.

Pourtant, au risque de braquer les deux autres, il tergiversa encore, demanda :

— Et Don Alfredo, qu’est-ce qu’il fiche ? Il est au courant ?

L’esquisse de sourire de Dolorès se brouilla. Ses lèvres retroussées dévoilèrent ses dents luisantes.

— Au courant de quoi ? répliqua-t-elle d’une voix plus sourde.

Le regard dangereusement fixe d’Henrik signifiait à Marcus qu’il n’était pas loin d’avoir épuisé sa patience.

Don Alfredo ne pouvait pas être au courant de l’alliance entre le clan Guzman et le Viking, comme il surnommait Henrik Bergen avec un dédain ostensible. Il ne pouvait pas prêter la main à la mise sur la touche de son vieux complice Giuseppe. S'il ne se montrait pas et ne réagissait pas, cela signifiait, Marcus Lipheimer le comprit alors, que Don Alfredo, pour les deux autres, ne comptait déjà plus…

Dans le silence pesant qui s'éternisait, Marcus frissonna, comme si on avait brusquement monté la clim dans le bar. Il jeta un regard oblique vers les trois hommes qui patientaient de l'autre côté de la paroi vitrée. Perçut la tension de Cruz, l'homme de main qui avait joué les barmans. La boule de la roulette était en suspension, hésitant entre deux cases. Avec une lenteur calculée, l'ancien croupier se pencha et tendit la main vers son verre. Le contact des glaçons noyant le Jack Daniel's lui gerça les lèvres. En retenant une grimace, il finit par dire :

— Au courant qu'il a passé la date de péremption…

Une lueur passa dans les yeux bleus d'Henrik. Le Viking hocha la tête, parut soulagé, presque chaleureux. Le rictus de Dolorès se mua en un sourire presque amical. Ils avaient misé sur le bon numéro… Elle aussi se saisit de son verre, qu'elle leva jusqu'à ses yeux, pour observer les deux hommes à travers les bulles du Coca. Henrik les imita, prenant sa bière et portant un toast.

— S'il ne le sait pas encore, il l'apprendra très bientôt, dit-il.

C'était dans sa bouche comme une oraison funèbre.

— Il est temps de passer aux choses sérieuses, reprit Dolorès. Le sénateur…

Elle s'interrompit. Quelque part au-dehors, retentirent des bruits qui les firent sursauter. D'un genre qu'ils savaient identifier en une fraction de seconde. Des détonations d'armes à feu…

CHAPITRE VIII

Le Guerrier avait attendu le dernier moment. L'ultime instant pour anticiper, prendre l'initiative et pousser l'adversaire à la faute. Les deux porte-flingues envoyés en éclaireurs vers le Touareg, signalé probablement comme suspect, voulaient voir, avant d'agir. Vérifier à qui ils avaient affaire. Sinon, le Range serait venu à sa hauteur et aurait mitraillé sans avertissement le VW et ses occupants. La prudence dont faisaient preuve les cannibales s'expliquait avant tout, Bolan en avait l'intuition, par le grand remue-ménage policier autour du Rimini. Le Touareg repéré dans le sillage du TrailBlazer pouvait appartenir au F.B.I... Auquel cas une manœuvre d'intimidation pourrait suffire à faire décamper les curieux. Dans le cas contraire, les hommes qui s'approchaient étaient prêts à traduire en actes leurs intentions belliqueuses.

Bolan, au terme d'une brève observation de leur manière de s'avancer, savait précisément comment ils allaient procéder. Dans quel ordre et avec quel genre d'armes. Lorsqu'il prit les devants, il agit sans hésiter, à la vitesse de l'éclair. La mécanique bien huilée de muscles, de réflexes et de réflexion qui était gage de survie face à la menace mortelle des cannibales s'enclencha, produisant des effets dévastateurs.

La portière conducteur du Touareg s'ouvrant brusquement provoqua la surprise des deux hommes. Le corps propulsé sur la chaussée, qui roulait sur lui-même, bras tendus et braquant un automatique, les fit réagir différemment. Le grand frisé fit un bond de côté vers la grille d'un jardin, tout en tirant de sa ceinture un pistolet à canon court. Le trapu resta figé sur place, faisant voler son veston pour pointer le mini-Uzi dissimulé dessous. Les trois ogives crachées par le Beretta 93-R, en le frappant entre l'estomac et le menton, le rendirent très maladroit. Comme si le P.-M. lui brûlait les doigts, livrant tout son corps à une tressautante danse de Saint-Guy. Sa veste resta accrochée à la poignée rétractable. Son mouvement de recul lui fit lever le canon vers le ciel. Trébuchant en arrière sous la violence des impacts, il lâcha l'arme, mais un peu tard. Elle lui retomba sur la figure, quand il s'effondra.

Prolongeant son roulé-boulé de deux tours complets sur lui-même, le Guerrier était déjà près de la rive opposée de Topaz Street, quand les projectiles de 9 mm mordirent l'asphalte à moins d'un mètre sur sa gauche. Le porte-flingue frisé avait soigneusement visé, tenant le Smith & Wesson à deux mains. Un instant, il crut avoir fait mouche. Reculant pour s'adosser à la grille, il ne voyait plus l'homme à terre. Rayé du décor, fondu dans un noir complet…

Dans l'ombre des arbres surplombant la clôture, le fan de Ray-Ban s'aveuglait, ébloui par sa propre adresse. Ses lunettes de soleil brillaient comme deux phares dans l'obscurité. Le temps qu'il accommode le regard, un frelon de cuivre passa de la lumière à la pénombre, lui forant au milieu du front un trou net qui lui fit entrevoir beaucoup plus que trente-six chandelles. En ressortant à l'arrière du crâne, la balle du Beretta ricocha sur l'acier de la grille, ponctuant d'un glas sonore le lent glissement du corps le long des barreaux. Au-dessus, du sang et des débris de cervelle décorèrent le vert feuillage d'une guirlande visqueuse, rouge sombre et gris crayeux…

Lorsque le Range Rover bondit en avant, les deux porte-flingues n'avaient plus besoin de couverture. Un linceul aurait mieux convenu. En une seconde, Bolan avait non seulement mis deux adversaires hors d'état de nuire, mais aussi semé le doute et propagé la peur chez leurs complices.

Il distingua deux silhouettes à l'avant du 4x4. Interpréta la grimace du chauffeur comme le signe d'une indécision. A ses côtés, le passager brandissait un portable et braquait un automatique. Sans doute assez malin pour faire deux choses à la fois, mais mal placé pour tirer sur l'Exécuteur, il préféra parler d'abord. Le pare-brise du Range s'étoila de son côté. Il mangea les derniers mots de son bulletin d'informations, mêlés à des débris de plastique. Les touches du Nokia se vrillèrent dans sa gorge, un répertoire choisi de sonneries carillonna dans son cerveau, dans le sillage d'un projectile en forme de suppositoire qui ne laissait autrement derrière lui aucun souvenir…

Par la glace baissée, le conducteur du Range, la bouche grande ouverte sur un cri de rage, tira trois fois, fit une embardée, en écrasant le corps du cannibale en chemisette. Bolan l'entendit jurer en espagnol, et se rejeta vivement à l'abri d'un minibus Ford garée le long du trottoir. Les balles criblèrent la tôle, le Range Rover froissa une aile, zigzagua et accéléra, dépassant le Touareg.

A cet instant, venant de Tompkins Avenue, une camionnette de livraison s'aventura innocemment dans Topaz Street transformée en champ de bataille. Bolan traversa la rue au ras de son pare-chocs. L'homme au volant pila, dressé sur le frein, bouche bée. Un jeune Black environné d'une musique tonitruante, le torse nu orné d'une large gamme de tatouages. Devinant qu'il ne tombait pas au milieu d'un tournage de film, il leva les deux bras bien haut en signe de bonne volonté, les yeux écarquillés sur le Beretta. Il aurait juré qu'il fumait encore !

Bolan aperçut le Range qui tournait au coin et s'éloignait. Il vit aussi, en se retournant, trois silhouettes qui sortaient du Paseo Malabar et couraient dans sa direction. Puis la Bentley pointa sa calandre brillante, et vira à l'opposé. Les porte-flingues hésitèrent, à la vue du cadavre au milieu de la chaussée. Courageux, mais pas téméraires… Le plus avancé jura en découvrant le deuxième corps, tassé au bas de la grille d'un jardin. Il fit volte-face et rebroussa chemin, en criant à l'intention du TrailBlazer qui surgissait à son tour et prenait le même chemin que la Bentley. Les deux autres lui emboîtèrent le pas, faisant signe qu'on les attende. Tous grimpèrent à l'arrière du Blazer.

Le Black au volant de la camionnette roula des yeux et se mit à rire nerveusement, en voyant détaler tout ce joli monde.

— Putain, mec, comment tu leur fous la trouille ! murmura-t-il à l'intention de l'inconnu debout près de sa portière.

Mais en tournant la tête, il ne vit plus personne. Sauf, dans son rétro extérieur, un SUV Volkswagen qui démarrait en trombe.

A l'arrière de la Chevrolet Impala 9C3 banalisée du F.B.I., l'agent spécial Brian Nichols, le portable collé à l'oreille, répondait par de brefs grognements à son interlocuteur. A côté de lui sur la banquette, Mike Evans, son adjoint, observait le Strip écrasé de soleil et la rare circulation.

Le convoi des voitures de police avait quitté le Rimini pour regagner le Q.G. d'Union Park. Dans la Buick qui précédait leur véhicule, Giuseppe Pascuoli était tassé entre deux agents, et devait encore fulminer, à en juger par ses mouvements de tête saccadés. Evans lui aurait bien passé les menottes, pour le faire sortir du palace entre deux haies de curieux, d'employés et de policiers. Nichols avait froncé les sourcils et secoué la tête : c'était une satisfaction qu'ils ne pouvaient se permettre. L'avocat Freyburger, à l'affût de tout, n'aurait pas manqué de crier à l'abus de pouvoir. Déjà, l'apparition dans le hall de la blonde Candy Backman, remorquée par un agent qui l'avait trouvée nue et en larmes dans un couloir, avait fait sensation. Le vieux caïd s'était étranglé de fureur en l'entendant raconter comment il lui avait éteint son cigare sur la poitrine. Freyburger avait fait grise mine, et Dawson, l'inspecteur du L.V.P.D., n'avait pas réussi à soustraire la blonde aux griffes des fédéraux, malgré son insistance.

Pour faire pression sur le Sicilien, Candy Backman, avec ses marques de brûlure, ses frayeurs rétrospectives et ses larmes, était pour Nichols et Evans un cadeau tombé du ciel... En attendant que les portables de Pascuoli, ou d'éventuels témoins, veuillent bien parler, ce qui était peu probable.

Nichols mit fin à la communication sur un dernier grommellement et tourna la tête vers Evans :

— Pas de nouvelles du juge Ashton. Il devrait être de retour au palais de justice, mais il est introuvable, injoignable...

D'un coup d'œil derrière eux, Nichols s'assura que la Ford transportant la blonde était derrière eux. A bonne distance, il aperçut la Sebring de l'avocat, qui suivait. Freyburger n'allait pas lâcher le morceau. Evans attendait la suite.

— Et toujours pas trace de Bugsy, soupira Nichols. Il a dû quitter la ville.

— Avec ses troupes ?

Nichols haussa les épaules en signe d'ignorance.

— Malloy, le rouquin balèze, a été repéré en

train de fouiner et de poser des questions sur des Latinos qui auraient pu mitrailler la Lexus du juge. Mais plusieurs fidèles de Bugsy manquent toujours à l'appel.

— On va faire systématiquement le tour de toutes ses bases de repli, assura Evans.

— C'est ça ! Passer tout Las Vegas et le Sud Nevada au peigne fin ! approuva Nichols avec une pointe d'amertume dans la voix.

Ils arrivaient à Downtown, bifurquaient vers Union Park. Le portable de Brian Nichols sonna à nouveau. Il prit l'appel, écouta et poussa une exclamation.

— Où ça ?... Topaz Street et Tompkins Avenue, O.K. On arrive !

Il coupa, fit un autre numéro, eut l'agent Chesbro, dans la Buick qui les précédait.

— Gardez Pascuoli au frais, on a une urgence. Et tenez Freyburger à l'écart, surtout !

Puis il indiqua l'adresse de Topaz Street au chauffeur de leur voiture.

— La Casa Goya se trouve dans Topaz Street, releva Evans, intrigué.

L'Impala fit brusquement demi-tour.

— Deux voyous butés en pleine rue, annonça Nichols. Des Mexicains.

— Les Guzman ? La Casa Goya appartient à la famille...

— Il y a un témoin, poursuivit Nichols. Il a vu... pas tout, mais des choses intéressantes.

— Bugsy dans un Hummer H2 ? suggéra Evans d'un ton de plaisanterie.

— Un type seul dans un SUV Volkswagen, répliqua Nichols avec le plus grand sérieux.

— Merde alors !

Ils échangèrent un regard.

L'agent Collins, témoin de la fuite du Hummer et de la fusillade à l'arrière du Rimini, avait parlé d'un homme se portant au secours de son collègue Kowalski, puis disparaissant. Collins avait, après avoir reçu des soins et recouvré ses esprits, ajouté qu'il se souvenait d'un véhicule garé tout près : un 4x4 européen…

En dépit de sa légère commotion cérébrale, l'agent Collins n'avait peut-être pas rêvé, après tout…

Dans la salle de jeu tout en longueur, profonde comme un puits d'où l'on ne remonterait pas, à moins d'un effort de volonté surhumain, le cliquetis des machines à sous, d'abord assourdissant, devenait après quelques minutes comparable au bruit du ressac au bord de la mer. Un fond sonore de berceuse métallique, accordé aux lumières, aux mouvements saccadés des joueurs, à la chute des pièces. Parfois, celles-ci tombaient en cataracte, le vacarme réveillait les espoirs de gains, ranimait les énergies.

Loin du Strip, des palaces et des limousines de neuf mètres de long, le Golden Arrow, entre Sahara Avenue et Desert Inn Road, était un des multiples lieux de perdition offerts aux accros qui n'avaient pas les moyens ou plus le droit de fréquenter les roulettes du Mirage, du Caesar's Palace ou du Bellagio. Un paradis de substitution, grand comme deux terrains de foot, au milieu d'un parking bitumé.

Carruthers avait laissé sa vieille Corvette Pace Car en lisière de celui-ci, non loin du poste de la Nevada Highway Patrol, et marché en direction de l'enseigne du Golden Arrow. Une flèche dorée qui perforait l'horizon, on ne pouvait pas la manquer.

Dans l'établissement, en revanche, il était facile de rater sa cible. Les centaines d'hommes et de femmes au coude à coude, chacun face à son démon électronique, avaient une fâcheuse tendance à se ressembler, dans un registre limité de robot qui finissait par effacer toutes les différences. Il y avait une majorité de femmes, à cette heure, pour ne rien arranger. Largement plus douées que les mâles, selon Carruthers, pour atteindre l'état hypnotique requis, et y rester plongées pendant des journées entières.

Nancy Landrake était un bon exemple. Il lui arrivait de jouer plus de vingt-quatre heures sans interruption.

Mais depuis des semaines que Carruthers passait son temps à lui cavaler après, il savait comment s'y prendre pour la retrouver et ne paniquait plus à l'idée de ne pas la repérer au milieu de la foule des clones. On n'est pas détective privé à Las Vegas sans un maximum de relations et un sens tactique développé, aussi Carruthers avait-il mis en place un réseau serré de « sonnettes » à même de lui faciliter la tâche.

C'était Boris Blazov, le gérant du Golden Arrow, qui lui avait téléphoné la nouvelle en début d'après-midi :

Nancy venait de s'installer devant un bandit manchot. Elle n'en décollerait pas pendant des heures.

Carruthers avait remercié Boris, demandé à être prévenu si par extraordinaire la jeune fille avait la fantaisie de changer d'air, et il était allé déjeuner, aux frais du sénateur Landrake, qui le rétribuait grassement pour servir d'ange gardien à sa fille.

Mais, cet après-midi-là, Carruthers n'aurait pas le loisir de s'occuper d'autre chose, en attendant le prochain coup de fil de Boris. Il avait reçu plusieurs appels pressants du sénateur. L'ange gardien était prié de ramener la progéniture à la maison, au lieu de seulement veiller sur elle de loin. Le sénateur était à cran. Carruthers avait promis de faire fissa, et néanmoins fait halte dans un bar, sur Capistrano Avenue, avant de gagner le Golden Arrow.

Il y entra à 17 h 30, salua Boris Blazov et écouta ses indications, avant de s'avancer dans la salle de jeu, avec toujours la même impression de s'immerger dans un cocon, une matrice chaude et rassurante où le monde extérieur était banni.

Nancy Landrake était installée tout au fond, le dos tendu, la bouche entrouverte, captivée par le mouvement des rouleaux. Jolie, certes, avec ses cheveux châtains coupés au carré, ses traits réguliers, sa silhouette svelte. Carruthers trouvait spécialement plaisant le dessin de ses lèvres. Mais spécialement consternant son teint pâle, le voile de son regard quand elle consentait à le dévier de l'écran.

Il dut, pour qu'elle s'avise de sa présence, répéter en lui prenant le bras :

— Il faut que vous veniez, miss Nancy…

Jamais il ne citait son nom. Pour tous les gérants de salles, elle s'appelait Nancy Marley. Il n'y avait que les directeurs des grands casinos du Strip qui savaient que Nancy Marley et Nancy Landrake étaient la même cliente. Inscrite dans leurs bases de données avec en rouge, soulignée, la mention « Interdite de jeu ».

La fille du sénateur Landrake avait à dix-sept ans, en l'espace de six mois, claqué sur le Strip plusieurs dizaines de milliers de dollars, mordu deux ou trois responsables de la sécurité et accumulé les interdictions d'entrer dans la quasi-totalité des établissements. Après quoi son père l'avait confiée aux spécialistes des pathologies du jeu, l'avait crue guérie et avait découvert qu'il n'en était rien. Sous un nom d'emprunt, Nancy continuait à jouer dans des entrepôts, des salles miteuses, ou des genres d'hypermarchés comme le Golden Arrow.

Gerald Landrake avait congédié les psys qui prétendaient avoir désintoxiqué sa fille, et embauché Bob Carruthers pour la surveiller, en attendant de trouver un traitement approprié. Gerald Landrake, selon Carruthers, était en train de perdre la partie, et sa fille. Mais à quoi bon le lui dire ? Le sens tactique de Carruthers ne pouvait pas se confondre avec une quelconque honnêteté morale. Le client était roi et le temps qu'il déniche à grands frais le gourou qui saurait sauver sa fille, le détective faisait son job sans états d'âme.

— Je vous ramène, miss Nancy…

Sous sa poigne, le bras de la jeune fille était maigre, fragile comme une allumette. Elle ne semblait même pas se rendre compte qu'il serrait fort. Dans un tintamarre d'espèces sonnantes et trébuchantes, la machine délivra tout à coup à Nancy un jackpot ! Une petite montagne de pièces qu'elle enfourna d'une main dans une bourse de cuir fermée par un cordon. Carruthers la lâcha, l'aida à vider la rigole de sortie d'argent. Elle n'avait rien manifesté en gagnant, mais dès qu'elle eut tout raflé, elle voulut recommencer à jouer, le souffle un peu court, les yeux agrandis... Elle pouvait remettre ça jusqu'au lendemain !

Carruthers dut lui tordre le poignet pour s'emparer de la bourse, et la secouer pour qu'elle daigne le regarder, faire attention à ce qu'il disait.

— On rentre, c'est un ordre ! martela-t-il en l'entraînant.

Quand elle comprit enfin qu'il ne plaisantait pas, elle mima avec sa bouche un baiser, plutôt salace et suggestif, accompagné d'une proposition que Bob Carruthers préféra ne pas entendre, dans le brouhaha des machines.

Nancy Landrake était prête à tout pour que son ange gardien l'oublie. Carruthers dut faire un effort pour détacher les yeux de sa bouche et la remorquer hors du Golden Arrow.

Jusqu'au bord du parking, la distance lui parut longue. Nancy ne résistait pas vraiment, mais il avait l'impression de traîner un sac derrière lui. Et quand, accrochée à son bras, elle réitéra près de son oreille sa proposition, avec une mimique sexy, il fut près de craquer. Il l'aurait giflée !

Distrait par ces provocations, il ne vit qu'en arrivant devant la Corvette le type qui, placé de l'autre côté, était penché contre la portière. La Pace Car avait des admirateurs, même à Vegas, où pourtant on en voyait d'autres…

— C'est un modèle 1987 ! lança Carruthers, devançant la question rituelle.

L'homme se redressa, et il n'avait pas la mine d'un fan de Chevy collector. En même temps, un Ford Transit sombre entra lentement dans le champ de vision de Carruthers, masquant le bâtiment de la Highway Patrol du Nevada. Il roulait beaucoup trop lentement et il obliqua tout à coup vers eux… En même temps encore, Nancy Landrake se suspendit au bras de son ange gardien, et au lieu de lui murmurer des promesses indécentes, elle grinça :

— Tu m'emmerdes, Bobbie ! Je retourne là-bas !

Carruthers, pris de court, voulut à la fois retenir la fille, faire rempart de son corps et dégainer. Surtout dégainer, quand il vit apparaître le pistolet, dans la main du curieux.

Il avait tout deviné de ce qui allait se produire, mais fut incapable de contrecarrer le projet de ses assaillants. Pas assez rapide, pas assez concentré. La faute à Nancy, qui s'agrippait à sa manche ; au type qui contournait la Corvette en quelques foulées et le frappait au menton avec la poignée de son arme.

La faute à son Browning, empêtré dans la doublure de son veston ; au coup de volant du Transit…

Bob Carruthers tomba contre l'aile de la Corvette, lâcha Nancy et sentit son pistolet coincé contre sa hanche. La portière latérale du Ford coulissa, le porte-flingue propulsa la fille à l'intérieur d'une bourrade, monta derrière elle et la portière coulissa en sens inverse.

Alors que Carruthers, la mâchoire en compote, pointait enfin son 9 mm, la sécurité ôtée, le coup partit, par la glace avant baissée du Transit.

En un éclair, se grava sur la rétine du privé le visage crispé du passager. Les yeux étrécis à deux fentes, les lèvres retroussées sur un affreux rictus… La flamme de départ du Ruger semblait jaillir de sa bouche. Il aurait dû écouter Nancy, sa bouche pulpeuse qui promettait… Il aurait dû se méfier !

Sous l'impact, Bob Carruthers rebondit contre la roue avant de la Pace Car et eut l'impression que le moyeu lui transperçait les reins.

Le revolver tirait du .357 Magnum, faisait un bruit de tonnerre et dispensait une mort certaine, à cette courte distance.

Le projectile avait frappé Bob Carruthers en plein thorax. Il était presque mort quand un *patrolman* surgi de son poste traversa l'avenue pour se pencher sur lui. D'un coup d'œil, il constata les dégâts… irrémédiables. Vit le Ford Transit filer vers Winchester Park.

Le regard vitreux, Bob Carruthers s'appliqua à

prononcer trois noms, avant de mourir. L'agent de la Highway Patrol les répéta sans comprendre :

— Nancy… Landrake… Bugsy…

Puis en fermant les paupières du mort, il entrevit leur sens, le côté quelque peu explosif de leur rapprochement, et se dépêcha d'aller refiler la patate chaude à ses supérieurs.

CHAPITRE IX

Assis dans un box devant un café, dans un snack de Bonanza Road, au nord du Strip, Bolan achevait de lire les trois feuillets imprimés que contenait l'enveloppe remise par le juge Franklin Ashton au bord du lac Mead.

Le texte émanait de Leonora Landrake et relatait les pressions, puis les menaces, dont son mari, le sénateur Gerald Landrake, avait fait l'objet de la part du consortium Water for Vegas pour obtenir son intervention en faveur du projet d'aqueduc entre la Snake Valley et Las Vegas.

« Au cas où il arriverait malheur à mon mari, à notre fille Nancy ou à moi-même... » Ainsi commençait le récit de Leonora Landrake. Ce n'était pas une déposition spontanée adressée au juge Ashton, mais un témoignage signé, envoyé par la poste à Patricia Garfield, propriétaire du ranch Wildcat, dans le comté de White Pine.

Pat Garfield avait, avec sa famille et quelques riverains, fondé un comité de défense des éleveurs de la Snake Valley. Lancé des pétitions, organisé des réunions, engagé des avocats. Les opposants à l'aqueduc étaient prêts à prendre les armes pour s'opposer aux forages et à la captation de l'eau dans leurs montagnes au profit de Las Vegas.

Le sénateur Landrake avait paru sensible à leurs arguments, au point d'encourager l'ingénieur chef Edgar Campos à mener à bien une étude d'impact écologique du projet de pipeline. Il avait bientôt reçu des coups de téléphone, des messages. Plusieurs membres du consortium lui avaient demandé des rendez-vous, des édiles locaux l'avaient rencontré. Cette action de lobbying somme toute classique avait pris un tour différent, nettement plus inquiétant, avec l'intervention, au début de l'année, d'Eddie Zarmach, dont les liens avec plusieurs propriétaires de casinos et hommes d'affaires mafieux de la ville n'étaient pas un secret.

Le sénateur Landrake avait alors découvert que des sociétés impliquées dans le projet Water for Vegas étaient contrôlées par ces figures du Crime organisé. Alfredo Monti et Giuseppe Pascuoli, mais aussi le clan Guzman, des narcotrafiquants mexicains, étaient derrière un fonds d'investissement membre du consortium. Henrik Bergen, le roi des machines à sous, et Marcus Lipheimer, secrétaire et trésorier du syndicat des employés des casinos, étaient quant à eux associés dans une entreprise de travaux publics. Le consortium Water for Vegas était donc infiltré par les boss locaux de la mafia. Leur émissaire, Eddie « Bugsy » Zarmach ne s'était pas caché d'agir en leur nom, au cours d'une visite qu'il avait rendue au sénateur chez lui, et d'une vive discussion dont par hasard Leonora Landrake avait été témoin, à l'insu des deux hommes. Bugsy avait menacé le sénateur, et clairement annoncé que l'ingénieur Edgar Campos allait au-devant de graves ennuis s'il continuait à rencontrer les éleveurs de la Snake Valley…

Gerald Landrake n'était pas un lâche et s'était toujours montré intègre, assurait son épouse. Il s'était rebiffé et avait éconduit Bugsy. Une semaine plus tard, on trouvait le cadavre de Campos, au bord du lac Mead. Pour une raison que sa femme ignorait, le sénateur n'avait rien révélé à la police des menaces proférées par Bugsy à l'encontre de l'ingénieur. Leonora l'avait entendu dire que, de toute façon, si l'inspecteur Dawson, du Las Vegas Police Department, était chargé de l'enquête, les assassins étaient tranquilles…

Pour finir, Leonora Landrake reconnaissait que ses relations avec son époux n'étaient plus assez franches, ni ses propres épaules assez solides pour qu'elle aborde avec lui ces sujets sensibles. Elle insistait sur l'honnêteté de son mari et souhaitait que Pat Garfield et les siens se gardent de tout usage abusif de son témoignage. En le leur communiquant, elle voulait d'abord protéger sa famille…

Bolan fronça les sourcils et relut le dernier paragraphe. Leonora Landrake avait-elle dit tout ce qu'elle savait ? Il se demandait si ses explications alambiquées, et le curieux cheminement de sa démarche, ne masquaient pas de plus graves compromissions de son mari… En tout cas, elle préférait ne pas alerter la police, même si elle craignait qu'on ne le fasse chanter.

Il croisa le regard de la serveuse et lui fit signe de renouveler son café, puis observa la petite enveloppe cachetée agrafée au dos des feuillets imprimés. Elle portait la mention « Pour F.A. » écrite à la main, et puisque son destinataire, Franklin Ashton, avait souhaité la joindre au document qui avait motivé leur rendez-vous, Bolan ne voyait pas de raison de ne pas l'ouvrir. D'autant que le juge était mort, à présent…

Il attendit que la serveuse qui lui apportait son café fût repartie, non sans avoir manifesté ostensiblement sa curiosité, pour ouvrir l'enveloppe. Elle contenait un feuillet manuscrit et une liste. Il lut la lettre :

« Mon cher Franklin,

» J'ai reçu ce témoignage, que sans doute tu sauras mieux que moi utiliser pour faire triompher une cause juste à laquelle je te crois sensible. Compte tenu de son auteur et des personnes concernées, il faut agir évidemment avec doigté, et ne pas trahir la confiance qu'on m'a faite. Je compte donc sur ton habileté et ta discrétion. Mais aussi, et surtout, sur ta détermination.

» Les prairies sont en ce moment magnifiques. N'oublie pas que tu as une promesse à honorer.

Pat »

La liste comprenait une demi-douzaine de noms et des coordonnées, écrits de la même main. Les premiers noms étaient soulignés de deux traits rageurs. C'étaient les mêmes qui étaient cités dans le texte de Leonora Landrake.

L'Exécuteur but son café, replaça les feuillets imprimés dans l'enveloppe et celle-ci dans son sac. Il observa un moment la liste posée devant lui, avant de la glisser dans sa poche. Il laissa quelques pièces sur la table et sortit du snack sans paraître remarquer l'insistance de la serveuse à le fixer, avec un demi-sourire qui ne demandait qu'à s'épanouir.

Le juge Franklin Ashton n'avait pas été à la hauteur des attentes de Pat Garfield. Ni pour prouver sa détermination, ni sans doute pour honorer sa promesse, quelle qu'elle soit... Et question discrétion, son comportement avait grandement laissé à désirer ! La mort brutale de sa femme Helen, tuée à sa place, achevait de lui faire voir à quel point il avait été mauvais... Pour quelqu'un qui devait avoir une haute idée de lui-même, cela faisait beaucoup de raisons de mettre fin à ses jours.

Avant de remonter dans le Touareg, l'Exécuteur observa les environs durant de longues minutes, pour s'assurer qu'aucun péril ne rôdait. Puis il se mit au volant et démarra en direction du nord.

Il était temps de donner au témoignage de Leonora Landrake des suites concrètes. Avec habileté et détermination. Pour la discrétion, l'Exécuteur n'en avait pas le souci. Lui n'était pas juge, il rendait justice...

Jimmy Deacon attendait à l'intérieur de la boutique, pour profiter de la climatisation. En face de l'hôpital de Boulder City, la station Texaco ne désemplissait pas. Les deux employés avaient trop à faire pour s'inquiéter de sa présence près de la porte d'entrée.

Il patientait depuis vingt minutes, avait bu deux cafés au distributeur et touchait de temps à autre la bosse de son crâne, sous la gaze. La plaie était nettoyée, mais le pansement l'irritait et il mourait d'envie de boire un remontant sérieux.

Trois minutes après 18 heures, une Cadillac Escalade noire vint se garer près des pompes. Deacon retint un sifflement admiratif : le cousin Garfield avait fait du chemin, à la ville ! Il sortit du SUV et rajusta ses lunettes de soleil sur son nez. En costume clair et chemise de voile, les cheveux noirs ondulés en vagues brillantes, Tom Garfield ne ressemblait que de très loin au jeune cow-boy que, sept ou huit ans plus tôt, Jimmy voyait débarquer à cheval à Ely, chaque fin de semaine, pour, dans l'ordre : bâfrer, se soûler, se bagarrer, cuver sa cuite dans la petite cellule de dégrisement du shérif. Et parfois, en supplément gratuit, lui vomir sur les Santiags !

Deacon se décolla du mur et sortit. En parlant au pompiste, Tom Garfield l'observa du coin de l'œil, avec un mince sourire. Deacon contourna la Cadillac rutilante. Modèle de l'année, cent mille dollars avec les options, estima-t-il. « Ce petit bon à rien a vraiment réussi, ma parole ! »

Tom faisait mine de ne plus le remarquer, mais la portière arrière s'ouvrit. Jimmy Deacon, avant de monter, cracha à dix pas, comme pour conjurer le sort.

— Tu t'en remettras, Jimmy, fit la voix de femme,

à l'intérieur. C'est quand même mon cousin et il est prêt à nous aider…

Sous le Stetson trop grand, le visage bronzé de Patricia Garfield se confondait avec l'ombre, mais ses yeux brillaient, et un sourire illumina fugacement ses traits.

— Tu as l'air en forme, finalement…

— Content de te voir, Pat. C'est pas… ?

Il montrait le chapeau.

— Si, acquiesça la jeune femme. Le tien.

Le Stetson changea de chef.

— Ça fait du bien, je ne me sentais pas dans mon assiette ! dit le shérif en ajustant le chapeau sur son crâne.

— Pas tout à fait présentable ?

— Exactement ! Tout nu, pour ainsi dire…

Pat Garfield fouilla dans le vide-poche, brandit une flasque de bourbon. La lui tendit.

— Ils t'ont bien soigné, au moins ?

— Comme un vieux qui perd la tête !

Deacon s'octroya une généreuse rasade et parut aussi sec ragaillardi.

— Il fait dans quoi, Tom ? demanda-t-il en suivant des yeux l'élégant jeune homme qu'il avait, lui, le shérif d'Ely, viré de son village à coups de pied dans les fesses, pour ne pas avoir à le mettre en prison pour un bon moment..

— Les affaires, le tourisme, répondit Pat.

Pour éviter les sujets brûlants, Deacon but une autre rasade.

Tom Garfield se rassit au volant, lança vers l'arrière :

— Je veux bien rendre service, mais il faut me dire où on va !

— Rencontrer un sénateur, fiston ! répliqua Jimmy Deacon. Tu tâcheras de bien te tenir.

— Oh oh, ce serait pas ce vieux Jimmy qui aurait profité que j'aie le dos tourné pour se faufiler dans ma bagnole ?

— Bien vu, Tom ! Salut ! C'est ta bagnole ? Sans blague ?

— Salut, Jimmy ! Il s'en passe de belles dans ta cambrousse ! Taper sur la tête d'un vieillard, c'est moche.

— T'as appris à conduire une Cad ?

L'Escalade quitta la station-service et jusqu'à l'embranchement du freeway pour Las Vegas, ils continuèrent sur ce ton.

— Assez de bêtises ! intervint Pat Garfield, explique-moi cette histoire d'hélicoptère, Jimmy ; et ce type qui t'a tiré des griffes des tueurs de Bugsy.

— Il avait rendez-vous avec le juge Ashton…

Le regard émeraude de Pat Garfield se voila, elle détourna le visage et demanda d'une voix assourdie :

— D'où sort-il ?

— J'ai pas grand-chose à en dire, sinon que ce n'est pas le genre de blanc-bec qu'on ramasse dans le caniveau le lendemain de la paie !

Tom montra les dents dans le rétroviseur, se pencha

pour ramasser sous le siège un sac de toile, qu'il fit passer à l'arrière.

— Cadeau du blanc-bec, grommela-t-il. J'avais invité ma cousine à une soirée mondaine, mais comme il semble y avoir changement de programme, j'ai pris de quoi...

Il s'appliqua à paraître uniquement concentré sur la conduite.

Jimmy Deacon devina ce que contenait le sac avant de l'ouvrir. Palpant le tissu, il dit d'une voix changée, d'où toute trace de plaisanterie s'était évanouie :

— Je suis de ton côté, Pat, sans l'ombre d'un doute, et je ne te demande pas de trahir des secrets... Mais je m'en voudrais que tu risques...

Il s'interrompit, mal à l'aise. La jeune femme secoua la tête, faisant voler ses cheveux bruns.

— Tu n'es pas obligé d'ouvrir ce sac, Jimmy. Je ne t'en voudrai pas...

Ils s'observèrent, à l'arrière de la Cadillac qui filait vers Las Vegas, dans la lumière oblique. Le shérif d'Ely laissa fuser un petit soupir et tira les zip.

Le sac contenait un fusil à pompe, Beretta calibre 12. Un automatique Glock et un revolver Smith & Wesson .357 Magnum. Avec les cartouches correspondantes, en quantité suffisante pour transformer le crépuscule en bain de sang.

— Tu l'as dit toi-même, Jimmy, ces salauds ont lâché les chiens, fit Pat Garfield d'une voix sourde. Demain, ils viendront empoisonner nos bêtes, contaminer notre eau... Demain, ce sera pire, si on ne les arrête pas. Et trop tard...

Le shérif hocha la tête, sans mot dire. Puis il assura le gros revolver dans sa main, bascula le barillet. Les alvéoles étaient garnis. Une pichenette remit le barillet en place, avec un cliquetis huilé.

— Des chiens suspendus à nos basques, ajouta la jeune femme. On ne leur fera pas lâcher prise autrement qu'avec ça…

Jimmy Deacon pensa à l'inconnu du lac Mead. Le pilote d'hélicoptère lui avait dit, en décourageant toute curiosité à l'égard de son ami :

— Demain, il sera ailleurs, mais d'ici là, il aura fait le grand nettoyage ! C'est sa méthode.

Avec un allié comme lui, songea le vieux shérif, on pouvait risquer le coup…

En passant devant le Rimini, Marcus Lipheimer fit signe au chauffeur de taxi de ralentir. Il aperçut les voitures de police dans les allées, des agents en uniforme qui filtraient les visiteurs, et d'autres en civil qui furetaient partout dans le parc.

— Mauvais pour les affaires, tous ces flics ! maugréa le taxi comme s'il était actionnaire du casino.

Marcus lui indiqua une adresse sur Main Street. Le temps d'y parvenir, il se retourna trois fois. Un mauvais pressentiment lui nouait l'estomac depuis qu'il était descendu de la Bentley d'Henrik Bergen, après leur départ précipité de la Casa Goya. La fusillade dans Topaz Street avait en un clin d'œil pourri l'ambiance entre les trois associés. Dolorès fulminait et lorsque Cruz était revenu dans le bar les mettre au courant du sort des occupants du Range Rover, elle avait simplement lancé :

— Putain de Siciliens !

Puis elle avait jeté un regard mauvais aux deux hommes, en s'attardant sur Marcus, et donné l'ordre de lever le camp.

— Vous passez devant !

A l'arrière de la Bentley, alors qu'ils s'éloignaient, Henrik avait remarqué :

— D'après Esteban, il n'y avait qu'un seul homme dans le Touareg.

— Et alors ?

Le ton excédé de Marcus avait déplu au Viking, c'est sûr.

— Alors je trouve notre amie bien nerveuse.

— Ses hommes ne sont peut-être pas à la hauteur, avait suggéré Marcus en se renfrognant davantage.

— Bugsy lui-même n'est plus à la hauteur, on dirait…

L'ex-croupier était prêt à en convenir. Du temps où les Siciliens régnaient sur le Strip, ce genre de désordre aurait été inconcevable. Il faillit en appeler à la sagesse de Don Alfredo, mais se ravisa. De quel côté au juste était Henrik ? Avec Dolorès, apparemment, mais jusqu'à quel point ? Il n'avait pas le cran de lui poser directement la question. Celle que lui posa le Viking, si anodine qu'elle parût, raviva ses mauvaises vibrations.

— Où est-ce que je te dépose, Lip ?

Un tic avait agité les commissures de la bouche de Marcus. Il détestait qu'on abrège son nom. Cela lui rappelait de très mauvais souvenirs. Henrik ne pouvait pas l'ignorer...

— Ici, au pied de la tour.

A peine le chauffeur avait-il stoppé devant la Stratosphere Tower que Marcus Lipheimer avait jailli de la Bentley. Celle-ci était repartie et, de loin, il avait aperçu Henrik qui portait son mobile à son oreille.

De moins en moins tranquille, Marcus avait descendu le Strip vers le sud, en surveillant ses arrières, fait plusieurs détours avant de monter dans le taxi qui à présent s'éloignait du Rimini pour le déposer devant un immeuble de bureaux de Main Street.

— Vous pouvez m'attendre ? J'en ai pour quelques minutes...

Le chauffeur lui jeta un coup d'œil avant d'acquiescer. Se gara au coin de Wyoming Avenue.

Marcus Lipheimer traversa le carrefour en courant et s'engouffra dans le bâtiment où le syndicat des employés des casinos avait ses bureaux. Ils étaient déserts à cette heure. Marcus avait les clés pour entrer et accéder à la petite pièce du fond, qui comportait un coffre dont il connaissait la combinaison.

Lorsque la porte du coffre s'ouvrit, il s'empara d'abord du Sig-Sauer. Un P 226 qui tirait du 9 mm Parabellum. Il enclencha un chargeur de 15 coups, en empocha un supplémentaire, hésita à rafler tout l'argent déposé là. Il emporta finalement deux liasses. Avant de quitter les lieux, il fit un numéro sur son portable, tomba sur une messagerie. Il renonça, en marmonnant. S'énerva encore de devoir attendre l'ascenseur pendant de longues minutes.

Dans la cabine qui descendait, il se força à respirer lentement. Pourquoi Henrik l'avait-il appelé Lip ? Ce ne pouvait être qu'un signal négatif. Un très mauvais présage.

Machinalement, il refit le même numéro, sans plus de succès, mais laissa cette fois un message.

— Don Alfredo ? C'est Marcus… Je sais que vous êtes là, répondez-moi, il faut que je vous parle, c'est important…

Il s'était arrêté devant les portes vitrées. Il ajouta, sans parvenir à empêcher sa voix de dérailler :

— Je viens, il faut que vous m'écoutiez !

Il respira un bon coup, rangea son portable et sortit de l'immeuble.

Le taxi, heureusement, était toujours là, au coin de Wyoming. Le moteur tournait. Le compteur aussi, mais qu'importe… D'un coup d'œil circulaire, Marcus examina la rue, ne repéra rien d'insolite.

Allons, il s'angoissait pour rien.

Il monta, claqua la portière, se détendit sur la banquette, soulagé. Le chauffeur attendait, coiffé d'une casquette de base-ball.

— North Las Vegas, Shadow Creek, je vous indiquerai où précisément, lança Marcus.

La réponse le glaça :

— J'espère bien, Lip…

C'était Marcus Lipheimer qui conduisait le taxi, à présent. Les mains bien à plat sur le volant, le front baigné de sueur, il n'en revenait pas encore. Le type qui avait pris la place du chauffeur s'était retourné à la vitesse d'un cobra pour braquer sur son ventre un automatique. Le temps que Marcus le reconnaisse, l'autre l'avait délesté en un tournemain de son Sig-Sauer, invité d'un ton sans réplique à prendre le volant, avant de se glisser à côté de lui. L'ex-croupier avait obéi comme un automate. Incapable de réagir ou simplement de réfléchir. Le canon qui lui rentrait dans les côtes lui garantissait qu'il ne rêvait pas.

Le type qui le braquait lui avait servi à boire une heure et demie auparavant au bar de la Casa Goya. Un Mexicain qui escortait Dolorès ; qu'elle appelait Cruz. Tout cela aurait pu créer des liens, mais l'heure de la franche camaraderie était passée. Et là où Marcus se rendait, sous la menace, il ne serait guère question de se rabibocher.

Le taxi quitta Las Vegas Boulevard North en direction des collines, franchit l'I15 et commença à gravir le versant abrupt dominant Shadow Creek. Marcus dépassa un terrain de golf et fit mine de chercher son chemin, à un carrefour. Le canon lui heurta violemment le flanc.

— Quelle adresse, Lip ? questionna Cruz.

L'ex-croupier se tortilla. Don Alfredo possédait à un mile de là, dissimulée au revers de la petite vallée, une villa dont une poignée de personnes seulement connaissaient l'existence. Injoignable en ville, le vieux parrain se trouvait là, selon toute vraisemblance. Cruz se servait de Marcus pour parvenir jusqu'à lui, il venait lui signifier le verdict prononcé tout à l'heure à la Casa Goya. Alfredo Monti avait fait son temps, ainsi en avaient décidé ses associés…

S'imaginaient-ils que Don Alfredo allait dire *amen*, baisser la tête et rendre les clés ?

Marcus Lipheimer s'essuya le front d'un revers de manche. Il s'occupait d'un syndicat d'employés de casinos, pas de dockers ou de chauffeurs routiers. Un homme de paperasses, pas de castagne…

— Allez, un petit effort, Lip, on va lui rendre visite ensemble…

Cruz l'appelait Lip, lui aussi. Ce ne pouvait pas être un hasard. Le verdict qui condamnait Don Alfredo l'incluait…

La sueur lui piquant les yeux, Marcus repartit.

— L'adresse ? répéta Cruz, d'un ton posé.

— 3015 Gowan Way…

— C'est bien. On est tout près. Ton portable, Lip… Tu l'as prévenu, le vieux ? Je parie que oui…

Cruz s'empara du portable, pianota pour faire s'afficher les derniers numéros appelés.

— Bien sûr, que tu t'es annoncé. Il t'attend. C'est là ? Le portail est même ouvert, regarde…

Il se découpait dans un haut mur de roche rouge infranchissable. Signalée par aucune plaque ou numéro, la propriété ne laissait rien entrevoir de ses secrets, depuis la route. La voiture vira, longea un petit pavillon de gardien, emprunta une large allée bordée de massifs. Une orgie de fleurs de toutes les couleurs, autour de pièces d'eau. Un pied de nez au désert.

Le portail ne se referma pas derrière eux.

Oubliant le décor inattendu, d'une luxuriance féerique, Marcus perçut le regain de tension du Mexicain, sentit se raidir la main qui tenait l'automatique.

Il pressentait quelque chose d'anormal.

— Doucement, ralentis, ordonna Cruz.

Ses petits yeux sombres étaient aux aguets. Quand la villa apparut, il fit signe à Marcus.

— Arrête-toi ! Le vieux grigou a déjà de la visite, j'ai l'impression…

CHAPITRE X

Alfredo Monti arpentait son bureau, une grande pièce lambrissée donnant sur l'arrière de la maison, en parlant fort dans son portable.

— Je vous répète, maître Freyburger, que si c'est une question d'argent, je vous fais porter immédiatement le montant de la caution…

Crispé de contrariété, sa haute taille un peu voûtée, son visage couronné de cheveux blancs élégamment coiffés vers l'arrière, Alfredo faisait un effort visible pour se contenir. Mâchoires saillantes et lèvres serrées, il fit demi-tour, revenant vers son grand bureau. Ses mocassins crissèrent sur le parquet brillant comme un miroir. Habillé comme s'il s'apprêtait à sortir, il chassa du revers de son veston une poussière imaginaire.

— Ces flics ne sont que des flics, maître, ou je me trompe ? Les flics, on sait comment les traiter, non ? Demandez donc à Dawson !

La réponse de l'avocat lui fit hausser les épaules.

— F.B.I. ou pas, ce n'est tout de même pas sur la

foi de ce que raconte cette petite gourde, comment elle s'appelle, déjà… ? Candy Backman ! Bon Dieu, une bécasse du fin fond de l'Utah, je parie ! Giuseppe Pascuoli en taule pour ça ? Je rêve, dites-moi que c'est une mauvaise blague, Freyburger ! Que vous vous moquez un tout petit peu de moi…

A mesure qu'il s'énervait, Alfredo Monti baissait la voix, se figeait, parlait sans presque bouger les lèvres. Et pourtant, dans la vaste pièce, son corps semblait occuper de plus en plus d'espace.

— Ecoutez-moi, Freyburger…, reprit-il en déployant sa haute taille et en pivotant sur les talons. Ecoutez-moi attentivement ! Giu n'a pas tué cette pétasse ; même pas violé… Un peu bousculé, O.K. Mais enfin, rien de grave ! C'est à elle que vous allez parler, très cher maître. Et dans l'heure qui vient, vous allez me rappeler pour m'annoncer qu'elle a retiré sa plainte, que le F.B.I. a autre chose à faire qu'à empoisonner l'existence des honnêtes citoyens…

Tout en continuant à faire la leçon à l'avocat, d'une voix dangereusement basse, Don Alfredo avait sous les yeux la pelouse, la piscine à débordement incrustée dans la rocaille, les haies et les massifs, un décor magnifique se détachant sur l'arrière-plan du désert avec, dans la lumière oblique de fin d'après-midi, la netteté d'un dessin au fusain. C'était l'heure somptueuse, le point de vue unique qui faisait de cet endroit un joyau. Et il fallait que ce connard d'avocat lui gâche le plaisir ! Il reprit en serrant l'appareil, d'une voix qui roulait comme un grondement de tonnerre :

— Faites votre job, Freyburger, sortez Giuseppe de là dans l'heure, et ne revenez m'emmerder qu'avec une bonne nouvelle. Compris ?

Les murs en tremblèrent, un cliquetis de cristal s'éleva du bar, une pièce magnifique importée d'Europe, qui occupait tout un angle du bureau.

Le regard fixe, Don Alfredo coupa la communication, referma son portable et scruta le paysage, au-delà de la double porte vitrée donnant sur la pelouse vert anglais et le désert ocre rouge.

Il devina alors que quelque chose n'allait pas. Tendit l'oreille. Fouilla des yeux les abords de la piscine, la profusion des haies et des bosquets. Se retenant d'aller y voir de plus près, il revint à son bureau.

Encastré sur un côté, l'écran de contrôle de la vidéo montrait le portail ouvert, sur Gowan Way. Puis une voiture tourna, pour s'engager dans l'allée menant à la villa. Un taxi... Lipheimer, évidemment. Il l'avait oublié, celui-là !

L'évocation du visage familier de l'ex-croupier rasséréna un instant Don Alfredo. Un instant seulement, car, tout à coup l'écran de contrôle scintilla, l'image qui émanait de la caméra en façade se brouilla, et, sur un dernier vague plan du taxi stoppant à distance du perron, la vidéosurveillance s'éteignit.

Le vieux parrain mit quelques secondes à réagir. Il se précipita pour ouvrir un tiroir de son bureau, saisit le Walther P 38 qui s'y trouvait. Chargeur plein, plus une balle dans le canon. Il ôta la sécurité. Manipula les boutons sous l'écran éteint, par acquit de conscience. Il n'obtint aucun résultat. La vidéosurveillance était hors service. Débranchée. Plus sûrement : sabotée.

Il avait envie d'avoir tort, mais devait se rendre à l'évidence : une anomalie majeure était en cours. Chez lui, dans sa retraite préférée de Shadow Creek, hors d'atteinte des médiocres, des emmerdeurs et des flics…

Il faillit appeler Mario. S'en abstint *in extremis*, et comprit alors ce qui n'allait pas, au-dehors : l'arrosage automatique ne s'était pas déclenché, bien qu'il fût 19 heures passées. 19 h 05, exactement.

Et Mario, le fidèle et scrupuleux jardinier, n'y avait pas remédié.

En s'imposant enfin à son esprit, la conclusion fit à Alfredo Monti l'effet d'une gifle : non seulement un ennemi s'était introduit dans la place, mais il avait commencé à s'en rendre maître…

L'automatique pointé, Don Alfredo marcha vers la double porte capitonnée. A peine l'eut-il ouverte que, sur le devant de la maison, il y eut un grand bruit de verre brisé, en même temps que retentissait la sonnerie de la porte d'entrée.

En arrivant à l'adresse qui figurait en tête de la liste établie par Pat Garfield à l'intention du juge Ashton, l'Exécuteur espérait trouver Alfredo Monti, mais pas être accueilli à bras ouverts. Or, c'était quasiment ce qui s'était passé, après qu'il eut laissé le Touareg garé dans une impasse, à trois minutes de marche vers le sommet de la colline.

Le portail s'était ouvert devant lui, pour livrer passage à une camionnette à l'enseigne d'une épicerie fine de North Las Vegas. Bolan en avait profité pour se glisser à l'intérieur de la propriété.

La retraite d'Alfredo Monti sur les hauteurs de Shadow Creek était discrète, mais ce n'était pas Fort Knox : l'employé en faction sur le seuil du pavillon de garde, lorsque l'intrus avait bondi jusqu'à lui pour lui coller sous le menton le canon d'un automatique, avait, tout en levant les bras bien haut, expliqué qu'il était seul responsable de la sécurité du lieu. Concierge et jardinier. Surtout jardinier, avait-il insisté, en montrant le sécateur qui l'équipait. Il n'avait pas d'autre arme... Seulement une belle moustache et, dans le regard, une frayeur pas feinte.

— Alfredo ? avait demandé Bolan en le faisant reculer dans le bureau.

— Don Alfredo est là, oui...

— Il attend des invités ?

Hochement de tête. Coup d'œil fuyant. Et malgré le ventilateur qui ronronnait, une suée comme seule la proximité soudaine de la fin du voyage pouvait en provoquer. Une poigne puissante le fit asseoir.

Sur le bureau métallique, la facture du livreur détaillait alcools et provisions, de quoi assurer l'ordinaire d'une petite troupe.

— Comment tu t'appelles ?

— Mario.

— Il est 18 h 57, Mario. A 7 heures, tu seras mort...

L'homme vêtu de noir était aussi calme que s'il

parlait du pique-nique du lendemain. Mais sa voix évoquait la glacière et le contact du pistolet une coulée de plomb dans l'estomac.

— … sauf bien sûr si tu me donnes des raisons de te laisser vivre !

Les bras à la verticale, la moustache tremblante, Mario était prêt à beaucoup se faire pardonner, en trois minutes.

— Combien de personnes avec Don Alfredo ? reprit Bolan pour mettre un peu d'ordre dans la confession du bonhomme.

Son patron était seul, jura le jardinier. *Il signor* Pascuoli ne venait jamais ici, les autres non plus, sauf parfois Monsieur le Maire, ou monsieur…

A 18 h 59, Bolan avait une idée précise des relations de Don Alfredo, et de leur hiérarchie. La villa de Shadow Creek servait au parrain à recevoir les huiles de Las Vegas et du comté de Clark, tandis qu'il traitait ses affaires dans sa résidence sur Flamingo Road, bureaux, appartements et penthouse avec vue sur le lac du Bellagio…

— Qui doit venir, Mario ?

Bredouillement. Coup d'œil affolé. Le tableau de commandes de la vidéosurveillance et du portail était rudimentaire, rien à voir avec le standard du premier hôtel-casino venu. L'heure s'y affichait. 18 : 59 : 56…

Bolan vit sur l'écran un taxi qui tournait et franchissait la grille.

— Qui ? répéta-t-il en s'écartant dans l'angle de la pièce.

— Monsieur Marcus…

— Lipheimer ?

Hochement de tête empressé. Bolan avait vu deux hommes assis dans le taxi. Tous les deux à l'avant…

Il vissa le réducteur de son sur le canon du Beretta 93-R. A 19 heures, le sommaire tableau de commande de la vidéosurveillance explosa sous l'effet d'une balle de 9 mm. Le portail demeura ouvert. Dans l'armoire électrique qui flanquait la porte, Bolan arracha une poignée de fils.

— Qui d'autre, Mario ? Avec Marcus ? Bugsy ?

A 19 h 01, le jardinier se croyait presque sauvé. Il secoua la tête frénétiquement.

— Tu m'énerves, Mario !

Lequel esquissa un léger haussement d'épaule. L'Exécuteur frappa à l'arrière du crâne.

— Perdu ! fit-il en accompagnant la chute du corps sur le carrelage.

Mario en serait quitte pour une bonne migraine, et s'estimerait bien heureux. Il le tira à l'abri du bureau. Puis sortit du petit bâtiment et fila vers la villa.

Marcus avait trouvé étrange que le portail fût ouvert et le restât, bizarre que la porte du pavillon de l'entrée fût entrouverte. Le jardinier qui servait d'homme à tout faire ne se montrait pas. A côté de lui, Cruz était de plus en plus nerveux. Il arrêta la voiture devant la villa, coupa le moteur et attendit, le ventre noué.

— Descends doucement, ordonna le Mexicain.

Marcus déglutit bruyamment, ouvrit la portière et posa le pied sur le gravier. Aucun signe de vie dans la villa. Sur la droite, l'espace dégagé cerné de haies qui faisait office de parking était désert.

D'une bourrade, Cruz projeta l'ex-croupier hors du véhicule. Il s'étala sur le sol en poussant une plainte. Le temps qu'il se redresse, le Mexicain s'était glissé derrière le volant pour descendre du même côté. Un instant, le canon de l'automatique cessa d'être braqué sur Marcus Lipheimer.

Sans réfléchir, ce dernier rabattit la portière à la volée. Et il s'élança vers la porte comme un sprinter jaillit des starting-blocks.

— Salopard ! beugla Cruz en prenant la portière en pleine tronche.

En même temps qu'il la repoussait et s'extrayait du taxi, il tira vers la façade de la villa. Au jugé. La balle passa loin au-dessus de la tête de Marcus, fit dégringoler une fenêtre du premier étage.

— Alfredo ! C'est Marcus ! Ouvre-moi ! Alfredo !

Lipheimer s'était jeté sur la porte, tentait sans succès de l'ouvrir et enfonçait la sonnette comme un furieux, en appelant à l'aide.

A genoux sur le gravier, appuyé contre l'aile du taxi, Cruz visa et pressa la détente. Deux fois de suite. Le Glock 17 tirait du 9 mm Parabellum. A l'instant où la porte s'ouvrait enfin, Marcus Lipheimer fut projeté en avant par la puissance du double impact. Il s'effondra sur le marbre frais du hall d'entrée.

Un flot rougeâtre fusa de sa bouche, noyant le cri que ses poumons déchirés étaient incapables de pousser. Aspergeant aussi les précieux mocassins de Don Alfredo.

Le premier projectile l'avait frappé au milieu du dos, de bas en haut. Le second l'atteignit entre les omoplates. Alfredo sauta en arrière et contempla, stupéfait, l'ex-croupier étendu à ses pieds. Il sut immédiatement qu'il ne se relèverait pas. Pour Marcus Lipheimer, la roulette avait fini de tourner. La joue contre le dallage, sa lèvre supérieure retroussée arborait le rictus qui lui avait valu jadis le diminutif de « Lip »[3], à une l'époque où, impassible par obligation professionnelle, il n'avait que cette grimace pour faire passer les messages aux joueurs de roulette cajolés par les casinos. Marcus en avait abusé, au point de se faire un jour retoucher le portrait, au rasoir…

Un sale souvenir qui ne lui causerait plus aucun cauchemar.

Avec une grimace dégoûtée, Don Alfredo enjamba le corps pour refermer la porte. Il entrevit une silhouette accroupie près de la voiture et tira d'instinct, ratant la cible de trois bons mètres. L'homme bougea pour se mettre à couvert, cria à son intention :

— Don Alfredo ? On peut discuter ?

Le silence se prolongea. Teint mat, cheveux noirs mi-longs plaqués, visage fermé et accent latino… Don Alfredo ne connaissait pas le visiteur, mais gambergeait à toute vitesse.

3. Lip signifie « lèvre » en anglais.

— Qui veut discuter ? répliqua-t-il.

Cruz s'était prudemment remis debout. Du sang coulait de son nez, qu'il essuya d'un revers de manche. Le vieux parrain restait à l'abri du battant entrouvert. L'effet de surprise sur lequel comptait le Mexicain pour faire d'une pierre deux coups n'était plus qu'une chimère, à cause de cet abruti de Marcus. Cruz répondit d'une voix pleine de fureur :

— Dolorès Guzman !

— Rincon, tu veux dire ! Pour qui se prend-elle, cette *putana* !

Le Sicilien ricana et une balle du Walther P 38 ricocha sur la tôle, tout près de l'épaule du Mexicain. La discussion s'annonçait difficile.

Il se produisit alors deux brèves explosions. La première fit croire à Cruz que le taxi qui l'avait conduit à Shadow Creek, après qu'il eut soudoyé le chauffeur pour prendre sa place, était piégé. Cela arrivait couramment, de l'autre côté de la frontière, à Tijuana ou à Ciudad Juarez. Une charge fixée sous le châssis, vieille spécialité à laquelle il avait lui-même quelquefois recouru… Mais la Ford n'explosa pas. Elle vibra, secouée par la déflagration, et un feu de Bengale l'enveloppa. Commotionné, ébloui, Cruz battit en retraite, un bras replié devant ses yeux.

La seconde explosion survint sur le seuil de la villa, alors que Don Alfredo faisait feu une deuxième fois en direction du Mexicain. Un objet lancé avec force heurta le battant, rebondit par terre et explosa. Des flammes s'élevèrent. L'effet aveuglant de la charge empêcha les deux hommes de rien voir pendant plusieurs minutes. Mais ils comprirent l'un et l'autre qu'ils n'étaient pas seuls en piste : un troisième larron s'était immiscé dans leur duel, avec l'intention manifeste de tirer les marrons du feu…

Les fausses pièces de un dollar initialement inventées par l'ami Herman « Gadgets » Schwarz pour enrichir la panoplie des services secrets avaient trouvé en Mack Bolan un utilisateur avisé. Un vrai fan même, à force d'efficacité mesurée.

Au relief de la tranche, même à tâtons au fond du sac à dos où il transportait son viatique de survie, l'Exécuteur différenciait les incendiaires des explosives. Il suffisait de tordre l'enveloppe de métal, d'un coup de dents, et de balancer l'obole à l'effigie de George Washington. Pour un dollar, réaction chimique assurée, les mélanges détonants concoctés par le bricoleur de génie faisaient dans les rangs adverses, si endurcis qu'ils paraissent, leur petit effet déstabilisant. Surprise, étourdissement, commotion et perte de la vision… Quand on ne compte que sur soi-même, pour combattre l'ennemi, on ne crache pas sur un coup de main de la science et de l'ingéniosité humaine réunies…

Du reste, lorsque Bolan eut lancé ses deux pièces, de la haie où il s'était glissé et avait assisté aux derniers événements, le Mexicain aux cheveux huilés ne songea pas à protester, à crier Pouce ! ou à se plaindre de manœuvres déloyales… Il avait abattu de deux balles dans le dos son compagnon de taxi, il ne songeait qu'à sauver sa peau.

En reculant hors du périmètre où la microbombe incendiaire projetait ses flammes aveuglantes, il heurta l'arrière du taxi, puis se cogna à une forme souple et rapide qui fondait sur lui. Il n'avait pas lâché le Glock mais n'eut pas le temps de s'en servir. La manchette l'atteignit juste à l'articulation du poignet. Des os craquèrent et sa main s'ouvrit. Le Glock lui échappa des doigts. Il ne le vit pourtant pas tomber, car un coup à la tempe acheva de brouiller sa vision. Il tituba, se retrouva à genoux.

L'Exécuteur s'empara du pistolet et pour faire bonne mesure, l'abattit sur le crâne du Mexicain. Celui-ci eut un sursaut, émit un râle chuintant et s'écroula comme une masse. Pour lui poser des questions, et surtout obtenir des réponses, mieux valait attendre un peu. Bolan se redressait quand le gravier crissa devant la villa.

Une main en visière devant ses yeux, Alfredo Monti chargeait dans sa direction, non sans un certain panache. Au lieu de se réfugier dans la villa comme Bolan le supposait, il courait sus à l'intrus. A mi-chemin de la voiture, il tendit le bras, braquant un Walther P 38. Et sans préambule, il vida le chargeur.

Le Guerrier plongea à l'abri de l'arrière du taxi, d'une détente des jarrets digne d'un départ de 100 mètres nage libre… Il fallait au moins cela pour échapper à la pluie d'ogives mortelles qui frôla ses pieds et cribla le sol. Il avait déjà identifié du 9 mm Parabellum. Le parrain sicilien ne se contentait pas d'une demi-charge de poudre. Les cartouches du Walther auraient réjoui les adeptes de la chasse au gros. Don Alfredo distillait du lourd, du tonnant, du létal ! En prolongeant son plongeon d'un roulé-boulé, Bolan songea qu'il n'était pas tiré d'affaire, surtout s'il comptait garder son bonhomme en état de soutenir une conversation approfondie. Souci qui l'avait incité à utiliser les faux dollars d'Herman « Gadgets » Schwarz. Souci équitablement réparti entre les deux belligérants, qu'il aurait volontiers confessés l'un après l'autre, voire ensemble. Louable souci, qu'il devait hélas réviser…

En effet, le gros que chassait Don Alfredo en se ruant à découvert loin de chez lui gisait en tas au milieu de l'allée de gravier. Le Mexicain n'était pas si corpulent, mais constituait une cible trop vulnérable pour que le parrain ne s'octroie pas un triomphe facile. Les premières balles avaient sifflé aux chevilles de Bolan, elles ne ratèrent pas l'homme assommé qui venait de la part d'une Dolorès Guzman ou Rincon ! Sur la douzaine de projectiles que contenait encore le chargeur de l'automatique, sept ou huit criblèrent le corps inerte.

Aveuglé par la fureur bien après que se fut dissipé l'effet de la microbombe, Don Alfonso se déchaînait en crachant des insultes sur la dépouille tressautant sous les impacts.

— *Motherfucker ! Stronzo !…*

Le dialecte sicilien convenait particulièrement à ce genre de défoulement. Une litanie ordurière accabla Cruz, qui n'en pouvait mais. Mort plutôt dix fois qu'une, le porte-flingue mexicain eut droit, en guise de coup de grâce méprisant, à un coup de pied dans la figure. En fixant ses mocassins maculés de taches et de débris guère identifiables, Don Alfredo recouvra un peu de raison. Un peu seulement, car des mocassins salis avaient toujours eu le don de l'irriter. Il pivota d'un quart de tour, le Walther braqué sur Bolan. Sans viser, dans l'élan, il appuya sur la détente. Pour parfaire le travail... Si cela ne suffisait pas à le soulager, il ferait un carton sur les oiseaux...

La culasse claqua à vide.

— Pas économe pour un gars de Trapani, se moqua en italien l'Exécuteur.

La voix ne risquait pas de déclencher des rires; plutôt des frissons transis. Don Alfonso écarquilla les yeux, fronça ses gros sourcils, montra, paume à plat, son automatique vide et inutile.

— Tire ! Vas-y ! dit-il, le ton rogue, en redressant sa haute taille d'un air de défi.

— Je vais me gêner ! rétorqua Bolan, et il tira.

Le Beretta prolongé du réducteur de son eut dans son poing un léger sursaut. Le projectile de 9 mm transperça le bras droit de Don Alfredo, lui arrachant un cri de douleur. Le Walther tomba.

A l'instant d'ordonner au caïd d'ouvrir la marche en direction de la villa, qui semblait l'endroit le plus propice pour poursuivre la conversation, un autre bruit leur parvint.

Le grondement de deux moteurs, dont l'un surpassait l'autre de toute sa puissance. Deux véhicules lancés sur l'allée.

Tout en se tenant le bras avec sa main valide, Alfredo Monti cracha entre ses dents une phrase en dialecte. Bolan n'en saisit que deux ou trois mots, mais le sens était si limpide qu'il pouvait se risquer à la traduire ainsi : « Bugsy va te faire la peau ! »

CHAPITRE XI

Un fourgon Ford apparut d'abord, puis, dans son sillage, énorme molosse mécanique grondant en surrégime, un Hummer H2. Bolan ne fut pas long à repérer sur sa face massive, à l'avant gauche, des traces de collision. Là où le H2 avait percuté la Buick du F.B.I., en sortant en trombe du sous-sol du Rimini…

Ainsi, Bugsy et sa troupe de cannibales rappliquaient à Shadow Creek, dans la discrète villa de l'homme d'affaires Alfredo Monti. Un refuge de choix, avec l'assurance de disposer d'alcools, de victuailles tout juste livrées…

Mise au vert en attendant que les choses se tassent sur le Strip ; que le F.B.I. s'enlise dans la moquette épaisse des couloirs du Rimini, cuisine Giuseppe Pascuoli et le trouve indigeste !

L'Exécuteur fit en un clin d'œil le tour de la situation nouvelle, le temps que le Ford Transit pile derrière le taxi. Le Hummer ne s'approcha pas si près, mordit sur le bas-côté pour se ménager la vue et le passage jusqu'à la villa.

Bolan avait empoigné Monti par son bras valide et

braqué le Beretta sur sa tempe, le forçant à reculer. Le vieux caïd serrait les dents, les yeux étrécis à deux fentes, le regard mêlant haine et douleur. Trébuchant mais se laissant entraîner, il parcourut à reculons la moitié de la distance jusqu'au seuil.

Alors les cannibales sortirent des deux véhicules.

Ils étaient six.

Les trois qui descendirent du Ford par la porte latérale coulissante, et la laissèrent ouverte, portaient des P.-M. : mini-Uzi, Skorpio. Tenus d'une main, plaqués le long de la cuisse. Arborés sans ostentation, en toute décontraction. Une menace, pour l'instant, mais qu'un geste transformerait en acte homicide, si Don Alfredo, au milieu de l'allée, pouvait s'écarter de la ligne de feu. Alors les trois hommes, guettant l'occasion, se placèrent à distance les uns des autres et restèrent immobiles. Corps ramassés faussement nonchalants, regards aiguisés. Une meute bien dressée, qui attendait les ordres. Aucun des trois porte-flingues n'avait plus de vingt-cinq ans.

Le chauffeur descendit à son tour. C'était un métis, mince et vif, un peu plus âgé. Il ne montrait pas quelle était son arme préférée, mais quand il fit rapidement demi-tour pour courir vers le H2, Bolan vit sur sa hanche, dans un étui, un pistolet automatique.

Les deux occupants du Hummer sortirent à leur tour. Le conducteur était trapu, bedonnant, noir de poil. Sa chemise flottait sur sa taille et il remonta son pantalon avant de s'emparer, derrière le siège conducteur, d'un fusil d'assaut. Un AK-102 à chargeur de vingt cartouches de 9 mm. En début d'après-midi, au bord du lac Mead, l'Exécuteur avait vu la même arme entre les mains d'un type chauve qui savait s'en servir, et avait bien failli abattre le Bell piloté par Jack Grimaldi.

Bugsy avait peut-être en Europe de l'Est une filière d'approvisionnement en kalachs version raccourcie qui tiraient du 9 mm, plus facile à se procurer que du calibre 5,56 NATO, mais, pour lui-même, il préférait apparemment un gros revolver. Il l'avait déjà au poing.

Bugsy était le passager du Hummer, le dernier des cannibales à mettre pied à terre. C'était la première fois que Bolan le voyait, mais il l'aurait désigné sans hésiter dans un casting de cinéma ou la salle de retapissage d'un poste de police...

Eddie Zarmach avait des cheveux blonds plutôt rares, soigneusement peignés de part et d'autre d'une raie médiane, de petits yeux rapprochés à l'expression méchante et des pommettes saillantes, une cicatrice au menton et des lèvres épaisses et molles. De loin, il faisait l'effet d'un acteur de série B engagé pour tenir un rôle de second couteau, en costume marron, chaussures bicolores et chapeau mou. Une caricature. Eddie, de loin, pouvait faire sourire. Mais plus on s'approchait, et plus flagrante était l'impression que, en réalité, Bugsy n'était pas un charlot. Et même, qu'il valait mieux ne pas croiser son chemin. Le regard rusé, la bouche hargneuse, il avait l'air capable de mériter son surnom, qui voulait dire « dingue »... Comme Bugsy Siegel, son modèle, c'était un chef, qui carburait à la violence et à la poudre. Un psychopathe. Un tueur.

Le métis le rejoignit, tout excité, lui parla bas en désignant du pouce Bolan et son bouclier humain. La figure allongée de Bugsy se crispa.

L'Exécuteur n'était plus très éloigné du seuil de la villa, mais Alfredo Monti mettait de la mauvaise volonté à reculer. Un poids mort.

— Tu es qui, toi ? cria Bugsy en direction de Bolan. Tu cherches quoi, ici ?

Il n'obtint pas de réponse. Le métis lança au gros type à la kalach :

— C'est lui qui a descendu Pipo et les autres au lac Mead.

— Quoi ?

— Je le reconnais, Enzo, je te dis !

— Une armée, Sal, hein ? s'emporta Bugsy en toisant le métis. Vous êtes tombés sur une armée, le rouquin et toi !

Il pointa son revolver sur le ventre de Sal Tidman.

— Va le chercher, ordonna-t-il.

— Qu'est-ce que… ?

— Tu vas pas t'enfuir à chaque fois, bon Dieu ! A Boxcar Cave, t'avais une armée aux trousses, à ce qu'il paraît… Là, tu vois bien qu'il est tout seul ! Alors vas-y, on te couvre ! Ramène Don Alfredo et bute-le, ce salopard !

Bugsy hurlait, écumant. Sal Tidman devint gris, croisa le regard d'Enzo Brancolli, qui lui indiqua d'un mouvement de tête de marcher vers la villa.

— Mon cousin Pipo, tout juste débarqué de Trapani, il n'a pas eu le temps d'apprendre le Nevada… Tu lui dois bien ça !

Le canon de la kalach indiquait le chemin.

Les trois porte-flingues se déployèrent davantage, Bolan n'avait plus beaucoup de temps pour agir. Il n'était qu'à quelques foulées de la porte entrouverte, et apercevait dans l'entrebâillement le cadavre de Marcus. Trois rafales croisées lui laisseraient peu de chances de plonger à l'abri sans être touché…

Le métis, poussé dans les reins par la menace du revolver de Bugsy, s'avança au-delà du taxi. Il enjamba le corps criblé de balles, se pencha et lança :

— C'est Cruz !

Alfredo Monti se mit à gueuler :

— Cruz a descendu Marcus ! Dolorès l'a envoyé me tuer !

— Et moi je n'ai tué personne ici ! cria à son tour l'Exécuteur. Pas encore !

Un grand silence se fit. Le Sicilien reprit, à pleins poumons :

— Il va tirer ! Stop ! Reculez !

Il perdait du sang et grimaçait, mais sa voix portait, et il était Don Alfredo… Un boss. Les porte-flingues se figèrent, Sal Tidman s'arrêta.

— On va discuter, dit l'Exécuteur au vieux parrain. Dis à Bugsy de rappeler ses chiens. J'aurais pu te descendre tout à l'heure…

Alfredo Monti hésita, mais pas longtemps.

— Eloigne tes hommes, Bugsy, finit-il par commander. On doit parler…

Il ajouta en montrant le cadavre de Cruz :

— Lui aussi prétendait discuter…

— Dolorès veut t'éliminer, répliqua Bolan, en observant le mouvement de retrait des trois porte-flingues. Toi et Giuseppe. Les Ritals sur la touche… Elle va prendre votre place ; avec Henrik Bergen, et puis elle s'en débarrassera. Elle veut tout le gâteau !

— Et toi, tu veux quoi ?

Bolan ne répondit pas. Il tenait toujours fermement le blessé par le bras, et reculait en l'entraînant, le canon du Beretta enfoncé sous son oreille. Sal Tidman, soulagé, faisait signe aux trois hommes de remonter dans le Transit, mais Bugsy ordonna :

— Deux à la grille, le troisième garde le Ford. Sal, fais le tour de la maison. Toi, Enzo, tu restes avec moi…

Après un coup d'œil vers la villa, où l'homme en noir était en train de rentrer, il ajouta en baissant la voix :

— Discuter de quoi, hein ? De Rick et des quatre hommes qu'il a butés ?

Même à distance, l'Exécuteur perçut la tension de Bugsy, lorsqu'il marcha vers l'entrée, flanqué d'Enzo. La fureur qui bouillonnait. Il pressentit qu'il n'y aurait pas de trêve, qu'il ne gagnerait pas de délai supplémentaire.

— Tu veux quoi ? répéta Alfredo Monti en agrippant de sa main libre, malgré la douleur, le chambranle de la porte.

Emporté par la colère, Bugsy s'approchait. Il serait

bientôt à distance de tir idéale. Bolan pivota légèrement. Et lança de façon à être entendu par tous :

— J'ai des documents à te montrer, Alfredo, que le juge Ashton m'a confiés. Mais on ne peut pas discuter avec ce gros porc de Bugsy ! Un dingue ! Un assassin !

En apercevant Bugsy prêt à foncer, Don Alfredo devina le piège.

— Attention ! cria-t-il.

Mais soudain, ce fut derrière Bugsy et Enzo que se produisit l'imprévisible. De la porte coulissante ouverte du Transit, une silhouette jaillit. Mince, blonde et affolée. Elle bondit à terre et courut, droit vers la villa. Dans sa main, elle tenait un pistolet.

— Putain ! La fille ! beugla une voix dans le Transit.

— Gaffe ! hurla Enzo. Elle est armée !

Il essaya de l'arrêter. Elle lui cingla le visage avec les cordelettes qui pendaient d'un de ses poignets, en hurlant à l'aide.

Bugsy, en faisant volte-face, eut d'abord le réflexe de pointer sur elle son revolver. Se ravisant, il voulut l'agripper au passage. La fille fit un brusque écart, braqua maladroitement son flingue. Bugsy fit un bond de côté.

Bolan réagit à la seconde, visant Bugsy qui venait de s'exposer dans sa ligne de mire. Mais une seconde, parfois, c'est l'éternité, ou en tout cas, trop longtemps. A l'instant où il pressait la détente du Beretta, Alfredo Monti, adossé au chambranle, rua pour se dégager et le bouscula. La balle rata Bugsy, qui se retourna et riposta. Il s'était retenu *in extremis* de faire feu sur leur otage, mais là, c'était trop pour lui, il enrageait.

Le Ruger Redhawk cracha du .357 Magnum dans un bruit de tonnerre. Bon tireur, Bugsy aurait touché Bolan, si Alfredo Monti, par sa bourrade, ne s'était interposé. La balle lui transperça le flanc. Il pirouetta sur lui-même et heurta l'encadrement, en poussant un grondement de fauve. Mais sa main aux doigts recourbés comme des serres essayait encore de crocher le cou de Bolan.

Celui-ci repoussa brutalement le Sicilien vers l'extérieur, en tentant de viser à nouveau Bugsy. La silhouette blonde traversa inopinément la ligne de tir. L'index resta suspendu sur la détente. Le Redhawk aboya une seconde fois. Un éclat fut arraché au battant de la porte en bois massif, juste au-dessus de la tête de Bolan. Alfredo Monti, titubant en direction de Bugsy, lui masqua sa cible. La haute silhouette du Sicilien semblait immense, dans le jour finissant. Elle chancelait, couverte de sang. Le bras valide battait l'air. La voix vibrait encore.

— Bute-le, Bug, tue-le ! La Grande Pute ! C'est lui ! Le Grand Fumier !

Tous les mafieux qui comptaient, et spécialement s'ils avaient eu la chance d'atteindre l'âge d'Alfredo Monti, ne pouvaient sans frisson ni colère évoquer leur ennemi juré. L'ancien sniper devenu leur cauchemar. Le sergent Miséricorde mué en ange exterminateur de tous les pourris… Bugsy en resta un instant cloué sur place de surprise et de crainte superstitieuse.

Accroupi sur le seuil, Bolan profita du flottement de ses adversaires. Il fit signe à la fille.

— Vite ! Rentrez !

Hors d'haleine, elle voulut repousser le parrain, qui tentait de lui barrer le chemin. Il se cramponna à sa manche, lançant à Bugsy :

— Je la tiens ! Attrape-la !

Le Guerrier bondit, saisit le poignet de la fille et la tira vers la maison. Bugsy visait leur trio. A l'arrière-plan, des silhouettes accouraient. Monti ne lâchait pas prise. Bugsy hésita. Bolan le prit de vitesse. Le Beretta tonna deux fois. La première balle perfora la gorge du Sicilien ; un geyser de sang éclaboussa le bras de la blonde, le gravier à ses pieds. Le vieux mafieux la lâcha, recula en chancelant et s'effondra.

Le deuxième projectile força Bugsy à se jeter de côté, fracassant le pare-brise du taxi.

— Dans la maison, vite ! intima Bolan à la blonde.

Il aperçut alors le métis, à l'angle de la villa, qui braquait son automatique. Arme à la hanche, Bolan tira d'instinct, au jugé. La silhouette mince et souple sauta en l'air, en battant des bras. Projetée contre le mur, elle sembla s'y accrocher, comme un pantin suspendu au bout d'une ficelle. Puis elle retomba au sol en un petit tas secoué de soubresauts de plus en plus faibles. Avec un trou en pleine poitrine, par où la vie s'échappait...

L'Exécuteur plongea à l'intérieur de la villa, referma la porte d'un coup de talon. La fille avait trébuché dans l'entrée sur le cadavre de Marcus, elle le fixait avec effroi. Au bout de sa chaussure, l'automatique qu'elle avait lâché luisait dans la pénombre. Elle le poussa vers Bolan d'un coup de pied.

— Vous en aurez peut-être besoin..., dit-elle en tremblant.

Il le prit. Un Glock avec un chargeur plein.

— D'où sortez-vous ça ? demanda Bolan.

Elle fit un mouvement de tête vers l'extérieur.

— Je l'ai piqué au type dans la camionnette...

Elle arracha les cordelettes de ses poignets.

— Pas fichu de faire des nœuds qui tiennent, avec ça !

— Vous auriez pu vous en servir, regretta-t-il en montrant le Glock.

— Comment on fait ?

Il soupira.

— C'est bon, je n'ai rien dit...

La voix de Bugsy retentit, au-dehors, pleine de fureur vengeresse. Remis de sa stupeur, il hurlait :

— Tu m'as raté deux fois, Grand Fumier ! Je vais te faire la peau ! C'est ton jour, salopard !

La blonde frissonna et dit en se levant :

— Croyez pas que ça m'aurait dérangée de flinguer ces ordures, mais je ne sais pas me servir de ça. Ni de rien, je vous avertis. Je suis bonne à rien, sauf jouer aux machines à sous. Vous croyez qu'il y en a une, ici ? Je parie que oui !

Elle ne plaisantait pas le moins du monde. Il se borna à constater :

— Pour ça, vous auriez pu tomber plus mal qu'à Las Vegas.

— Vous vous trompez ! Mon père m'a interdite de jeu dans à peu près 90% des salles de jeu du comté de Clark.

— Votre père ?

— Le sénateur Landrake…

CHAPITRE XII

Tom Garfield, sur les indications de Jimmy Deacon, avait garé la Cadillac Escalade sur un parking privé du City Hall, au nord de Downtown. Deux emplacements y étaient réservés au sénateur Gerald Landrake, dont le nom était inscrit sur un panneau, bien en vue. La Cadillac en occupait un, sur le second était stationnée une Lincoln MKZ, à laquelle Tom Garfield avait jeté un coup d'œil dédaigneux.

Il était resté au volant, au cas où un quelconque gardien serait venu chicaner sa présence. Par précaution, il avait placé le sac de toile contenant l'arsenal dans le coffre de l'Escalade. Pat Garfield et le shérif étaient partis au rendez-vous avec Landrake depuis près de vingt minutes. Pour tuer le temps, Tom Garfield lisait un magazine de golf. Spécialement, un article consacré au projet de créer aux portes de Vegas, en plein désert, un dix-huit trous tout neuf, au milieu d'un complexe touristique dédié à la petite balle blanche. Sans pouvoir rivaliser avec Phoenix quant au nombre des terrains de golf, Las Vegas en comptait un certain nombre, dont le National Golf

Club. L'idée d'en ajouter un nouveau dans la Spring Valley avait immédiatement été critiquée par les lobbys écolos. Des golfs dans le désert, alors que la pénurie d'eau menaçait, voilà qui ressemblait à une monstruosité. Même le magazine de golf, en exposant les termes du débat, en convenait… Mais les émirs arabes avaient créé une station de ski dans le golfe Persique, soutenait Tom Garfield. Alors pourquoi pas un golf sous cloche dans les parages de la vallée de la Mort ?

Lui y croyait. Il travaillait pour une société capable de vendre des pelouses anglaises dans le désert et des séjours balnéaires à Las Vegas, si besoin… Où était le problème ? C'était une question d'argent, rien de plus. Tom Garfield avait tendance à considérer l'argent comme une ressource naturelle inépuisable… Mais, évidemment, ce n'était pas un bon sujet de discussion avec sa cousine Patricia et ses amis du comté de White Pine !

Des coups frappés à la vitre le tirèrent de sa lecture. Un vigile en uniforme portant un badge du City Hall l'épiait sous sa casquette. A contrecœur, Tom baissa la glace. L'air brûlant du dehors le suffoqua.

— Vous pouvez me dire ce que vous faites sur cet emplacement réservé, monsieur ?

Jimmy Deacon avait gardé son chapeau. Avec ses Santiags poussiéreuses, ses vêtements froissés et les traces de sang séché qui constellaient sa chemise, il avait l'air, dans le décor feutré et minimaliste du bar du City Hall, d'un cow-boy du vieil Ouest égaré au XXIe siècle. Mais l'étoile agrafée sur sa poitrine n'était pas en chocolat et son regard aiguisé par le scotch n'invitait pas au sarcasme.

Le sénateur Landrake, en les rejoignant dans le box où ils l'attendaient, n'avait d'ailleurs risqué aucune plaisanterie, même pour se faire pardonner son retard. Il s'était platement excusé. Une réunion qui s'était éternisée… Et il avait ensuite un dîner.

— Je suis désolé, mais j'ai peu de temps à vous consacrer, avait-il annoncé d'emblée, en dévisageant avec insistance, par-dessus ses lunettes, la jeune femmc qui accompagnait le shérif d'Ely.

La meneuse des riverains de la Snake Valley. Eleveuse de bêtes à cornes, vraiment ? En tailleur pantalon et talons hauts ?

— Je crains que vous ne deviez modifier un peu vos plans, sénateur Landrake, avait-elle objecté avec assurance.

« Vos préjugés aussi », aurait-elle pu ajouter.

Patricia Garfield n'était pas déplacée dans le luxueux lounge bar. Au contraire : avec son physique plutôt viril et son allure indéniablement féminine, à moins que ce ne fût l'inverse, elle occupait l'espace avec une élégance naturelle. Est-ce que les femmes du comté de White Pine s'habillaient toutes ainsi ? s'était demandé le sénateur, interloqué. Des *executive women* de la cambrousse ? En d'autres circonstances, il aurait été sous le charme. Pat Garfield n'avait pas jugé bon, en constatant sa surprise mal dissimulée, de l'informer qu'elle venait assister à un raout mondain. Jean et boots lui étaient, sur ses terres, plus familiers…

Mais de toute façon, à présent que Pat Garfield parlait, le sénateur n'avait plus en tête de séduire. Il était impressionné, mais surtout mal à l'aise.

— Sénateur, la question est assez simple, disait la jeune femme en le fixant : le consortium Water for Vegas ne mène pas seulement une campagne de communication auprès des autorités, pour obtenir leur appui. Certains de ses membres se livrent à des manœuvres d'intimidation… ou pire.

C'était le langage diplomatique que Landrake savait manier, mais avant qu'il ait pu pratiquer les habituelles échappatoires, Pat Garfield reprit :

— Vous savez qui a tué l'ingénieur Campos, sénateur… qui l'a probablement tué, rectifia-t-elle en voyant son haut-le-corps. Ce sont les mêmes qui ont tué aujourd'hui Helen Ashton, la femme du juge Ashton…

Landrake avait pâli. Il tenait son verre à la main mais oubliait de boire.

— Comment pouvez-vous prétendre que je saurais… ?

— Votre femme Leonora a raconté la visite que vous a faite Eddie Zarmach une semaine avant l'assassinat de Campos, sénateur. Elle a entendu les menaces de mort proférées par Bugsy…

Landrake accusa le coup, baissa la tête. Le silence s'éternisa, rompu par Deacon :

— Je vous ai appelé tout à l'heure pour solliciter cette rencontre, sénateur, parce que j'ai été agressé ce matin par ces mêmes gens, ou leurs complices. Ils avaient les moyens de vous contraindre à leur obéir, c'est cela ? Et ils ont perdu ces moyens de pression, c'est la raison qui les pousse à éliminer quiconque prétend s'opposer à eux…

Landrake les regarda tour à tour. Incrédule.

— Quels moyens de pression ? répéta-t-il. Aucun chantage ne peut me…

Il s'interrompit comme si le sol se dérobait sous ses pieds. S'empourpra.

— Le juge Franklin Ashton a prétendu s'attaquer aux parrains mafieux qui ont éliminé Edgar Campos, reprit posément Pat Garfield. Il comptait s'appuyer sur le témoignage de votre épouse.

Landrake manquait d'air, mais la jeune femme au visage énergique qui disait tranquillement des horreurs poursuivit du même ton implacable :

— Vous avez dissimulé à l'enquête les informations dont vous disposiez, sénateur… Le témoignage de Mme Landrake peut également être utilisé contre vous…

— Ma femme est malade ! Elle n'a plus toutes ses facultés mentales !

— Elle est dépressive, c'est cela ?

Landrake hocha la tête, passa la main sur son front moite. Derrière les verres de ses lunettes, ses yeux papillonnaient, en quête d'un point d'appui stable. Pat Garfield n'était pas prête à le lui fournir. Il n'eut droit qu'à un demi-sourire. Et encore, accompagné d'une nouvelle pointe :

— Cela donne d'autant plus de valeur à son récit.

Elle a témoigné il y a deux mois, juste après l'assassinat de Campos...

— Mais où est-il, à la fin, ce témoignage ? s'emporta tout à coup Landrake.

— Dans des mains amies, répondit le shérif. Le juge Ashton a eu le temps de le transmettre, avant de mourir...

Le sénateur sursauta violemment, sa mâchoire se décrocha et il parut perdre pied.

— Le juge Ashton est... ils l'ont tué ?

Il apprenait la nouvelle et spontanément l'interprétait comme un autre assassinat... Jimmy Deacon le détrompa :

— Franklin Ashton s'est suicidé, sénateur. A l'endroit même où a été retrouvé le cadavre de l'ingénieur Campos...

Landrake vida son verre d'un trait et le reposa. Sa main tremblait, son double menton et ses bajoues tremblaient. Il bredouilla une vague prière.

— J'ai été lâche..., murmura-t-il.

Pat Garfield et Jimmy Deacon attendaient qu'il se ressaisisse. Le portable de Landrake fit entendre une sonnerie martiale. Il mit longtemps à répondre.

— F.B.I... ? dit-il dans un souffle, en rentrant la tête dans les épaules. A quel sujet ?

Ses yeux s'arrondirent, puis il balbutia :

— Bob Carruthers, oui, en effet... mon Dieu ! Mais... ma fille ? Nancy ?

Il écouta et le sang se retira de son visage. Jimmy Deacon s'était penché en avant, les mains sur les genoux, comme s'il allait bondir. Pat Garfield gardait son sang-froid, mais ses traits s'étaient durcis, le vert de ses yeux avait foncé.

Plusieurs secondes s'écoulèrent. Le sénateur annonça en contemplant son portable éteint :

— Ma fille Nancy… elle a été enlevée tout à l'heure. L'homme qui veillait sur elle… abattu.

Il se leva pesamment.

— Le F.B.I. se rend chez moi. Venez, accompagnez-moi.

Ils sortirent sans un mot du bar, traversèrent un hall où chantait une cascade et se retrouvèrent sur un parking écrasé de chaleur. Le crépuscule allongeait leurs ombres. Celle de Landrake paraissait énorme et avachie. Alors qu'ils approchaient de la travée semée de panneaux de stationnement nominatifs, la Cadillac fit un appel de phares. Tom Garfield les attendait dans une allée transversale. Le vigile n'avait rien voulu entendre.

— On vous suit, sénateur, lança le shérif. Votre adresse ?

— A Whitney, Flamingo Road East ; 5318.

Alors qu'ils montaient dans la Cadillac, Landrake actionna l'ouverture à distance de la Lincoln MKZ.

L'explosion projeta dans le ciel orangé une guirlande de feu.

Les bruits de la ville ne franchissaient pas les murs épais, ni les rayons du soleil ou les flamboiements du crépuscule. La salle, vaste et haute de plafond, le sol et les murs recouverts d'épaisse moquette, n'offrait aux joueurs aucune distraction. Elle se remplissait peu à peu. On n'entendait que des murmures feutrés, les annonces des croupiers et le tintement des billes sur les cylindres.

Dolorès Rincon était assise à une table centrale qui accueillait une demi-douzaine de joueurs. Elle fit glisser devant elle une pile de jetons, les répartit sur plusieurs numéros. La fumée de sa cigarette montait verticalement et lui piquait les yeux. Paupières mi-closes, elle fixa un instant Henrik Bergen, qui s'ennuyait ferme, un verre à la main, en allant de table en table.

Dolorès avait voulu venir là pour se passer les nerfs, et il l'avait suivie. Il ne jouait pas à la roulette, ni à aucun jeu d'ailleurs, sauf le poker. Et surtout pas aux machines à sous qui pourtant avaient fait sa fortune. Il s'éloigna pour échapper au regard de la Mexicaine, mais l'observa de biais. Si elle avait les nerfs à vif, elle le dissimulait bien... A peine une crispation des maxillaires, alors que la boule sautait avant de s'immobiliser dans une case, et le geste machinal de se pincer le lobe de l'oreille, où pendait un pendant gros comme un bracelet.

Henrik se demandait où était Cruz, et quels ordres au juste Dolorès lui avait donnés. Voulait-elle seulement qu'il surveille Marcus, pour « l'empêcher de faire des bêtises » ? Ou avait-elle, dans le dos d'Henrik, commandé des mesures plus radicales ? La Mexicaine était une alliée imprévisible. Le Viking regrettait Arturo Guzman.

Le profil charmant de Dolorès se détendit, elle ôta

la cigarette de sa bouche et sourit au croupier dont le râteau poussait vers elle un tas de jetons. Très vite, elle en fit de nouvelles piles, les disposa comme des soldats d'une armée, sur le tapis aux trente-huit numéros. Elle en ajouta d'autres, jusqu'à faire place nette devant elle, promenant sur la table un regard de princesse. Ou de propriétaire…

Dans la poche d'Henrik, son portable vibra. L'écran affichait un numéro qui ne lui évoquait rien. Il prit néanmoins la communication, en s'isolant dans un angle de la salle.

— Monsieur Bergen ?

— C'est moi, oui.

— Steven Malloy…

— Oh, Malloy, sans blague, ça fait un bail…

Du coin de l'œil, le Viking vit la bille lancée sur la roulette, et les traits de Dolorès à nouveau contractés. Ramené sous sa chaise, son pied battait la mesure. Un métronome énervé.

— C'est trop grave, ce qui se passe depuis cet après-midi, disait Malloy ; et puis Bugsy, qu'est-ce qui lui prend, bon sang, deux… ?

— Qu'est-ce que tu veux ? l'interrompit sèchement Henrik, furieux qu'il bavarde ainsi au téléphone.

— Vous parler, monsieur.

Le Viking fit semblant d'hésiter. Bien sûr qu'il était prêt à discuter avec le bras droit de Bugsy. Est-ce que par hasard, sentant le vent tourner, le géant rouquin serait mûr pour lâcher son patron ?

— Tout de suite ? finit-il par demander.

— Pourquoi pas, répondit Malloy avec empressement.

A la table du centre, un murmure s'éleva, tandis qu'ils convenaient du lieu.

— Double zéro ! annonça le croupier.

La peau mate de Dolorès prit une teinte grise, sa cheville s'enroula au pied de sa chaise comme pour le briser. Le râteau attira vers l'extrémité de la table la montagne de jetons, la fit disparaître. Dolorès poussa un juron en se levant et renversa son siège. Elle traversa la salle comme une furie et sortit par la porte marquée « Privé ».

Un gros Texan qui faisait fortune dans le pétrole et n'était pas habitué des lieux commenta à côté d'Henrik :

— Ces métèques ne savent pas perdre !

Le Viking le toisa et laissa tomber :

— Le casino lui appartient…

La terrasse qui prolongeait le bureau directorial de Dolorès Rincon dominait le Strip, on pouvait du regard sauter d'une enseigne à l'autre, toutes mondialement célèbres, et embrasser un panorama à plusieurs milliards de dollars.

Lorsque Henrik rejoignit la Mexicaine, elle fixait vers le nord du boulevard un point précis de Downtown, d'où s'élevait un nuage de fumée. Au sein du vacarme qui montait jusqu'à eux, contrastant avec le silence de la salle de jeu, dominaient les stridences des sirènes de police. Elles convergeaient vers le City Hall.

Le Viking constata que Dolorès avait retrouvé le sourire. Elle semblait même très contente. Il suivit la direction de son regard. Une grande agitation s'était emparée du complexe de bâtiments administratifs.

— Qu'est-ce qui se passe encore ?

— Une voiture piégée a explosé, répondit tranquillement Dolorès. Sur le parking. Il y a cinq minutes...

C'est-à-dire au moment où sortait le double zéro. Il faillit rire, mais elle ne plaisantait pas. Il ne put s'empêcher de frémir, préféra éviter les questions idiotes, et surtout indiscrètes. Il se contenta de demander :

— Qui était dedans ?

— En principe, personne. Mais on ne sait jamais...

Elle scrutait le lieu de l'attentat avec la même intensité qu'elle mettait tout à l'heure à suivre la boule lancée sur la roulette.

— Un avertissement... ? suggéra Henrik Bergen en s'écartant instinctivement d'elle.

— Exactement. Le sénateur Landrake, s'il n'est pas mort, est prévenu !

Dolorès étreignait la rambarde de la terrasse à deux mains, une respiration houleuse gonflait sa poitrine. Le crépuscule virant au mauve allumait sur son visage des flammes d'incendie.

Le Viking s'éclipsa sans qu'elle s'en rende compte. Faire sauter la voiture du sénateur ! Bon sang, elle était dingue !

Ce n'est qu'en quittant le casino qu'il retrouva un pouls normal.

Cette femme lui faisait peur...

*
* *

L'agent spécial Mike Evans s'affala sur la banquette de la Chevrolet Impala et s'épongea le front.

— Il est indemne ! annonça-t-il dans le portable que lui tendait l'agent Chesbro, assis au volant. Des égratignures et une grosse frayeur. Il refuse qu'on l'emmène à l'hosto et veut rentrer chez lui ! Plutôt en colère, le bonhomme !

Le sénateur Landrake était monté dans la Cadillac Escalade qui quittait déjà le parking.

— Parfait ! soupira Brian Nichols. J'ai tenté d'expliquer la chose à sa femme, mais je ne suis pas sûr… C'est trop à la fois pour elle. Elle est complètement larguée !

— Nous aussi, non ?

Nichols était arrivé chez le sénateur lorsque son adjoint, qui avait fait un crochet par Union Park et le Q.G. du F.B.I., l'avait averti de l'explosion de la Lincoln piégée. Landrake sain et sauf… il fallait se raccrocher aux points positifs, même s'ils n'étaient pas nombreux, dans l'avalanche de catastrophes qui les submergeait.

— Pas de nouvelles de la fille ? reprit Evans.

— Non. La voiture qui saute, c'est une spécialité des narcos mexicains.

Des Latinos avaient abattu, sans doute par erreur, la femme d'un juge qui avait disparu. On avait voulu faire porter le chapeau aux Siciliens. Bugsy, l'homme des Ritals, avait pété les plombs, abattu deux agents spéciaux, disparu à son tour, réapparu dans un Ford

Transit où avait été embarquée la fille du sénateur. On avait trouvé des cadavres de Mexicains dans Topaz Street, celui d'un détective privé sur un parking. La voiture du sénateur venait d'exploser sur un autre parking. Chacun des deux policiers se repassait le film, et ils avaient la même impression de ne voir qu'une partie de l'iceberg… D'arriver en retard à chaque épisode. De ne rien comprendre.

— Qu'est-ce qui se passe dans cette putain de ville aujourd'hui ? s'exclama Evans, dépité.

— Une guerre ouverte, répondit sombrement Nichols.

Evans fit signe à Chesbro de démarrer, puis annonça :

— On nous a apporté du Rimini un truc pas piqué des vers…

— Encore une merde ?

— Si on veut. Un portable appartenant à Giuseppe Pascuoli.

— Il en a une vraie collection !

— Celui-là se trouvait sous clef dans son bureau.

L'Impala rattrapa la Cadillac Escalade sur Fremont Street. Evans indiqua à Chesbro de la suivre et d'ouvrir l'œil.

— Je t'écoute ! s'impatienta Nichols.

— Dix minutes après le meurtre d'Helen Ashton sur Rancho Drive, Pascuoli a reçu sur son mobile une série de photos de la scène de crime. Le corps criblé de balles dans la Lexus.

Brian Nichols siffla entre ses dents.

— Une idée de l’expéditeur ?

— A ton avis ?

— Un flic d’ici ?

— Pas un quidam de passage, c’est sûr, ni un journaliste. Alors un « collègue », oui, j’en ai peur.

Evans avait fait entendre les guillemets.

— L’analyse du portable fournira peut-être l’expéditeur, ajouta-t-il.

— Kowalski a précisé quels agents sont arrivés en premier sur les lieux ? demanda Nichols après un silence.

— Un inspecteur du L.V.P.D., si je me souviens bien.

— Oui, affirma Nichols. Je parie pour Dawson… On en reparlera. Au fait, qui sont les gens avec lesquels se trouvait Landrake au bar du City Hall ?

— Le shérif d’Ely, comté de White Pine… Jim Deacon. Et une amie à lui, Pat Garfield, qui a un ranch par là-bas. Son cousin habite à Vegas et fait le chauffeur.

— Patricia Garfield ? Ça me dit quelque chose…

— A moi aussi. Mais pas de rapport, apparemment, avec ce qui nous intéresse.

— Je ne crois plus aux apparences, Mike, surtout à Las Vegas ! Surtout aujourd’hui !

— Si on doit se fier à ce qu’ils racontent, en tout cas, on n’a pas fini.

— Pas fini de quoi ?

— De faire des hypothèses ! ricana Evans. Ils ne sont pas bavards, ces deux-là.

— Ton shérif, il ne conduisait pas un Touareg, il y a deux heures, du côté de Topaz Street ?

— Il n'a ni l'âge ni le look.

Brian Nichols soupira à nouveau et raccrocha.

Dans le vaste salon de la villa des Landrake, Leonora, l'épouse du sénateur, restait prostrée dans un fauteuil. Le médecin de famille était sur place, trois agents s'étaient installés dans la pièce et le bureau attenant. Nichols s'était éloigné pour téléphoner, de son portable.

Leonora Landrake avait reçu l'appel du poste de la Highway Patrol une heure auparavant. Elle ignorait tout du Golden Arrow, de Carruthers. Peut-être même ne savait-elle pas que sa fille passait sa vie en tête à tête avec des machines à sous.

Cependant, alors que Nichols revenait vers le centre de la pièce, il fut stupéfait d'entendre Leonora Landrake demander en levant le visage vers lui :

— Patricia Garfield se trouve avec mon mari ?

14 CHAPITRE XIII

— C'est quoi, ce cirque, qu'est-ce qu'ils me veulent ? s'écria Nancy Landrake en suivant le Guerrier à travers le rez-de-chaussée de la villa.

Elle avait en quelques mots raconté son enlèvement sur le parking du Golden Arrow, sans s'étendre sur le meurtre de Carruthers, le privé attaché à ses pas.

— C'est après votre père qu'ils en ont ! répondit Mack Bolan.

Il ouvrit une porte au bout d'un couloir et ajouta, au moment où une rafale de Skorpio faisait exploser la baie vitrée en face d'eux :

— Vous devriez lui téléphoner pour le rassurer…

Le verre qui dégringolait fit un vacarme épouvantable, les balles de 9 mm chuintèrent dans les boiseries couvrant les murs, tel un essaim de termites en armures.

La jeune fille tremblait encore, mais s'habituait vite. Ou bien elle ne se rendait pas compte du danger. Il lui montra, derrière eux, l'escalier partant du hall et menant à l'étage.

— Filez là-haut, enfermez-vous et appelez-le.

— Je n'ai plus de portable, ces enfoirés me l'ont pris…

Du seuil, l'Exécuteur distingua une silhouette qui s'avançait prudemment sur les débris de verre. Pas assez prudemment : la réplique du Beretta tint en une seule détonation, qui provoqua un cri et un bruit de chute. Nancy écarquilla les yeux. Elle n'était pas loin d'applaudir. Il n'y eut pas d'autre candidat à l'accès dans la pièce.

— Vous trouverez bien un téléphone là-haut ! insista Bolan. Prévenez votre père que vous êtes en sécurité ! Qu'il vienne vous chercher.

— Où est-ce qu'on est ?

— North Las Vegas, Shadow Creek, la villa d'Alfredo Monti.

— En sécurité, vous êtes sûr ?

Il hocha la tête et lui intima, d'un geste, d'obéir. Subjuguée, elle grimpa les marches. Il perçut un claquement de porte, au premier, puis plus rien.

La villa était grande, impossible d'y tenir seul un siège. L'Exécuteur n'en avait pas l'intention. Il s'était contenté de verrouiller la porte d'entrée, pour gagner du temps. La grande pièce sur l'arrière donnait sur une terrasse, on voyait des massifs et une piscine, au-delà. C'était par là que les porte-flingues, après avoir contourné la maison, avaient cru le surprendre.

Le plus inconscient d'entre eux avait dégusté. Premier arrivé, premier servi… Comme il se traînait tant bien que mal vers l'angle de la terrasse en se tenant la cuisse, Bolan entendit une voix qui l'insultait en italien et recommandait aux autres de faire gaffe à leurs os. Enzo Brancolli… Entre les massifs, dans la pénombre qui descendait vite, les silhouettes se regroupèrent, puis s'éparpillèrent. Quatre adversaires… Le cinquième, blessé, implorait de l'aide. Il se vidait de son sang. Des mains l'agrippèrent, le tirèrent hors de vue. Il y eut un choc étouffé, il poussa un cri puis le silence revint.

Dans la pièce de plus en plus sombre, le Guerrier eut vite fait d'inventorier les possibilités de se protéger. Le vaste bureau, en bois massif, n'avait peut-être pas un plateau assez épais pour arrêter les balles, mais faute de mieux, il le renversa et s'accroupit derrière, le temps de se préparer à l'assaut qui n'allait pas tarder.

Un chargeur neuf dans le Beretta 93-R… Il vérifia l'Automag Big Thunder. Le calibre .44, dans une pièce comme celle-là, constituait un bon test de la solidité de la construction ! Bolan gardait le Glock en réserve. Dans une petite poche au fond du sac à dos, les faux dollars d'Herman seraient d'un grand secours en cas d'encerclement…

Il n'avait pas fini l'inventaire de ses moyens d'action que le verre brisé crissa du côté de la terrasse. L'imbécile qui s'était empressé de tirer dans la baie lui avait fourni une alarme efficace, qui signalait mieux qu'une sonnette l'approche des visiteurs.

Mais, à l'instant de pointer l'Automag en direction de l'ouverture, le Guerrier entendit rouler vers lui un objet qui présageait un autre test : sa propre solidité, en plus de celle de la bâtisse…

La détonation de l'énorme automatique fut assourdissante. Les murs tremblèrent, des objets tombèrent au sol. Le porte-flingue qui reculait précipitamment sur la terrasse reçut en pleine poitrine la balle de .44 AMP. A cette distance, elle transforma en charpie le thorax et les organes vitaux qu'il contenait. Décollé du sol par l'impact, dans un éclaboussement de sang et de chairs en lambeaux, le type était mort avant de retomber bras en croix en bordure de la terrasse.

L'explosion de la grenade qu'il avait lancée dans la pièce ne lui fit ni chaud ni froid…

Assis à l'arrière de la Cadillac Escalade, le sénateur Landrake ne desserrait pas les dents, sauf pour donner à Tom Garfield de brèves indications sur l'itinéraire le plus court pour gagner son domicile. Assis à ses côtés, le shérif Jimmy Deacon lui jetait de fréquents coups d'œil. Il fallait avoir les nerfs solides pour encaisser successivement des chocs tels que l'enlèvement de sa fille et l'explosion de sa voiture. Gerald Landrake semblait les avoir…

Il tressaillit néanmoins quand la sonnerie de son portable retentit, alors qu'ils arrivaient à Whitney. Il eut le réflexe de porter sa main droite à la poche poitrine de son veston, avant de s'apercevoir qu'il tenait l'appareil dans sa main gauche. Depuis leur départ du City Hall, il n'avait pas cessé de le serrer dans son poing. Il prit l'appel. Une grosse veine battait à sa tempe.

— Nancy ! cria-t-il aussitôt. Où es-tu ?

Les trois autres sursautèrent. Assise à l'avant à côté de son cousin, Pat Garfield se retourna vivement. Au regard de Landrake, elle devina de bonnes nouvelles. Tous entendirent dans la voiture la voix surexcitée de la jeune fille indiquant où elle se trouvait. Puis ils perçurent l'écho de bruits sourds. Des détonations. L'angoisse revint.

— Ça va ? demanda le sénateur d'une voix blanche. Nancy… ? Qu'est-ce qui se passe ?

— Ce type en bas qui me protège assure que je suis en sécurité…

— Quel type ?

— Il est tout seul et ils sont cinq ou six, mais j'ai tendance à le croire !

— Attends !

Landrake répéta en se penchant vers l'avant :

— North Las Vegas ! Shadow Creek, chez Alfredo Monti ! Allons-y ! Vite !

Tom Garfield interrogea du regard les deux autres.

— Demi-tour, et fonce ! dit Pat.

Jimmy Deacon acquiesça.

— Tant pis pour le F.B.I. ! lança Landrake, avant de crier à nouveau dans le portable : J'arrive, Nancy ! On sera là dans quelques minutes… Dis-moi…

Il s'interrompit. Parfaitement audible par tous, et terrifiante, l'explosion mit fin à la communication.

La Cadillac Escalade rattrapait Flamingo Road Est quand soudain elle traversa les voies et fit demi-tour, au nez des voitures qui descendaient du Sam Boyd Stadium.

Complètement pris de court, l'agent Chesbro, au volant de l'Impala, en fut réduit à la suivre du regard tandis qu'elle les croisait en accélérant. Derrière lui, Mike Evans jura entre ses dents.

— Qu'est-ce qui leur prend ? cria-t-il en gesticulant, en pure perte.

Le temps pour les deux policiers de l'imiter et de s'immiscer dans la circulation en sens inverse, la grosse Cad était déjà loin. La Chevy n'avait aucune chance de la rattraper, de toute façon.

Mike Evans ne décolérait pas, martelant du poing le dossier du siège avant.

— Continue !

Au lieu de reprendre le Boulder Highway, l'Escalade bifurqua, un peu plus loin, sur le freeway qui contournait Las Vegas vers le nord. Chesbro eut beau foncer pied au plancher, la Cad avait disparu, quand ils y parvinrent à leur tour.

Evans appela Brian Nichols sur son portable, et l'informa de ne plus les attendre :

— Landrake et ses amis nous ont semés !

Des débris de boiseries, de plâtre, d'objets disloqués achevèrent de retomber sur le beau parquet, au milieu d'un nuage de poussière. Pour une grenade défensive, les dégâts étaient sérieux. Enzo Brancolli en avait les oreilles encore douloureuses. Il fit signe au porte-flingue du nom de Willy de s'approcher, d'un geste qui recommandait le silence et la prudence. A bonne distance l'un de l'autre, les deux hommes s'avancèrent sur la terrasse jusqu'au seuil de la grande pièce où l'engin avait roulé avant d'exploser.

Willy tenait son mini-Uzi braqué sur l'endroit où se trouvait tout à l'heure le bureau renversé derrière lequel le type s'abritait. Il avait lui aussi dans les oreilles le bruit assourdissant de la déflagration, mais il s'y ajoutait celui, juste avant, de l'Automag. Un sinistre roulement de tonnerre, qui avait fait à son pote Johnny l'effet d'un énorme coup de poing en pleine poitrine. Willy l'avait vu catapulté en arrière par l'impact, ses vêtements déchiquetés et brûlés, avec un large trou à hauteur du sternum, un vrai cratère par où giclaient toutes sortes de matières, et du sang bouillonnant. Confettis d'os, lambeaux de chairs... L'image était gravée sur la rétine de Willy, alors qu'il scrutait la pièce et se demandait où était passé le bureau renversé, et le type derrière, qui tirait du .44 et que Bugsy avait appelé le Grand Fumier...

— Putain, je le vois pas ! murmura-t-il.

Willy n'avait pas l'âge de connaître la légende noire de l'Exécuteur. Ni celui de contester les ordres d'Enzo Brancolli. Ni le cran de demander où était passé Bugsy.

— J'y vois goutte, moi, marmonna le Sicilien. Vas-y, Will !

Un morceau de plâtre se détacha du plafond et tomba à leurs pieds, de la poussière se remit à voler dans la pièce. En face, la porte ouverte battait. Enzo l'indiqua du canon de sa kalach.

L'Uzi braqué, Willy s'avança. Le verre pilé crissa sous ses semelles. Il mit le cap sur la porte. Aperçut, tout de même, ce fichu bureau que le souffle de la grenade avait fait glisser de plusieurs mètres. Repoussé dans l'angle… Il enjamba des papiers noircis, des cadres brisés, les restes d'un lustre. Un bruit l'alerta à l'étage, un gémissement ou un sanglot. Où était la fille blonde qui avait piqué son automatique à Johnny ?

Alors qu'il atteignait la porte intérieure et risquait un regard dans le couloir, Enzo demanda dans son dos d'une voix inquiète :

— Où il est passé ? A l'étage ?

En jetant un coup d'œil derrière lui vers Brancolli, Willy comprit leur erreur. Comprit qu'elle leur serait fatale…

Le bras émergeant au-dessus du plateau du bureau était prolongé par un automatique noir aux lignes anguleuses. Derrière, le visage empoussiéré était impassible. Des traits sculptés dans la pierre. Le regard glacé. La pression sur la détente provoqua à peine un léger relèvement du canon.

Willy eut juste le temps d'esquisser avec son bras armé un geste de défense dérisoire.

Le Beretta 93-R fit beaucoup moins de bruit que le Big Thunder, mais un effet très similaire. La balle emporta la moitié du crâne du porte-flingue, décorant le mur proche, jusqu'au plafond, de traînées sanglantes. Un tableau macabre, tout en matière cervicale dégoulinante. Willy, bras levés, tournoya sur lui-même et s'affaissa contre la porte, foudroyé.

Déjà, le canon du Beretta balayait l'espace vers la

baie, et le doigt pressait à nouveau la détente. Enzo Brancolli, à force d'épier les bruits à l'intérieur de la villa, de surveiller les mouvements de Willy et de prendre garde aux débris qui jonchaient le sol, était totalement absorbé par l'attente de quelque chose. Lorsque cela survint, il fut totalement surpris. Si persuadé que l'adversaire n'était plus dans la pièce que de le voir surgir si près, et mortellement dangereux, le priva, un quart de seconde environ, de toute réaction. Le projectile le frappa en plein ventre, qu'il avait proéminent. Un deuxième, l'instant suivant, un peu plus haut. Par réflexe, il leva la kalach et pressa la détente. En mode rafale. Une grêle de balles hacha la tapisserie au-dessus de l'Exécuteur, arracha des éclats de plâtre au plafond et fit dégringoler le squelette du lustre.

Bolan tira une troisième fois, en se redressant. Enzo Brancolli battit vivement des paupières et expira en touchant le sol, le cœur éclaté par l'ogive mortelle.

Un peu sonné, les tympans encore meurtris par la déflagration de la grenade, le Guerrier enjamba avec précaution le bureau qui lui avait offert un abri providentiel. Dans sa main gauche, l'Automag pesait lourd. Des tonnes, pour tout dire. Au point de lui échapper des doigts. En serrant les dents, il replia le bras et découvrit l'écharde plantée dedans. Un éclat de quinze centimètres, aiguisé comme un stylet… Heureusement, fiché dans le gras, juste au-dessus du coude. Il l'arracha, vit des estafilades sur ses mains, essuya du sang à son menton, qui avait taché son T-shirt.

Un courant d'air en provenance du désert dissipait les derniers miasmes de l'explosion et de la fusillade. Dehors, la nuit tombait comme un rideau sur une scène macabre. Dedans, il manquait quelqu'un à l'appel. Enjambant le corps d'un porte-flingue, l'Exécuteur s'avança dans le couloir, scruta le hall d'entrée, désert. Il se figea tout à coup. A l'étage, un piétinement se produisit, ponctué d'un grognement étouffé. Puis une voix hargneuse, éraillée, lança, en haut des marches :

— Dépose tes armes par terre, Grande Salope ! Sinon, la jeune bécasse va morfler ! Tout de suite !

— Je vous ferai tous virer de la police ! hurlait la voix dans les couloirs. Bande d'incapables ! Je veux voir mon avocat ! Appelez Freyburger, je veux le voir tout de suite ! C'est de l'abus de pouvoir !

Giuseppe Pascuoli s'étranglait de fureur tandis qu'un agent spécial refermait derrière lui la porte de la cellule, au sous-sol du Q.G. du F.B.I., sur Union Park, où son collègue venait de le pousser.

Le vieux parrain menotté empoigna les barreaux, secoua la grille, s'époumona jusqu'à ce que les policiers aient disparu au bout du couloir. Son répertoire d'insultes et de jurons en dialecte sicilien était inépuisable.

Après l'avoir amené du Rimini, on l'avait directement fait descendre dans une salle d'interrogatoire. Privé de portable, dans l'incapacité de joindre son avocat, il avait passé un long moment tout seul, à attendre, à remâcher sa colère. A s'indigner qu'une histoire aussi insignifiante que celle de Candy Backman puisse lui valoir de tels désagréments. Il y avait aussi, bien sûr, l'épisode du meurtre de deux agents fédéraux, à la sortie du Rimini ; et accessoirement, l'exécution de la femme du juge Franklin Ashton, en début d'après-midi, sur Rancho Drive…

Mais les rumeurs qui avaient aiguillé les fédéraux sur Pascuoli, à propos de ce dernier fait divers, n'étaient que des ragots de caniveau, et en quoi Giuseppe était-il responsable de la fusillade au cours de laquelle les occupants du Hummer H2 avaient abattu deux policiers ? Eddie « Bugsy » Zarmach était dans la nature, probablement recherché. Soit. Et alors ? s'emportait Giuseppe, avec des accents de sincérité parfaitement imités.

S'il avait été plus calme, il aurait pu se demander quel était le plan caché derrière cet enchaînement d'ennuis qui l'accablaient. Qui l'avait conçu, et dans quel but ? Mais il était trop en rogne pour réfléchir. Encore à tempêter contre Freyburger, qui ne parvenait pas à le faire sortir de là, malgré tout l'argent qu'il touchait ; contre Alfredo Monti, son vieux complice, qui était inexplicablement aux abonnés absents, depuis des jours… Sans parler des autres : Bergen, Lipheimer, qu'il soupçonnait toujours de tramer derrière son dos des mauvais coups ; le vieux Guzman, qui lui avait paru bien affaibli ces jours-ci, mais flanqué d'une créature dangereuse, cette Dolorès Rincon qui avait fait s'allumer toutes les alertes, dans le cerveau de Giuseppe.

Finalement, le boss se mettait à réfléchir, dans sa cellule, et à regretter de n'avoir pas commencé plus tôt…

Il était là depuis une heure— il devait faire nuit maintenant—, quand la porte du couloir se rouvrit. Dans le rai de lumière qui découpait l'obscurité jusqu'à sa cellule, une silhouette familière s'avança. L'inspecteur Dawson, du Las Vegas Police Department.

— Pas trop tôt qu'on me sorte de là ! râla aussitôt le Sicilien.

Derrière Dawson, une autre silhouette, massive, restait plantée dans la pénombre du palier. Giuseppe prit Dawson à partie.

— Des heures que j'ai les feds sur le dos, et sur qui je peux compter, moi, hein ? Qu'est-ce que tu fichais ? Et les autres, où ils sont ?

Dawson, sans répondre, ouvrit la cellule. Mais pas les menottes. Pourtant, le vieux caïd lui mettait sous le nez ses poignets entravés.

— T'as pas les clés ? Mais, bon Dieu, à quoi tu sers ? Tout le fric qu'on te donne, il sert à quoi ? Le fric et le reste !…

De nouveau, la fureur aveuglait Giuseppe. L'empêchait de voir à quel point l'inspecteur Dawson, à présent qu'il avait donné son tour de clé, était pressé de s'en aller, et incapable de dire trois mots. Il fit brusquement demi-tour et longea le couloir à grandes enjambées, franchit la porte. A sa place, l'homme à la haute et massive silhouette s'approcha.

— Malloy ! Bon sang, c'est toi, connard ! Qu'est-ce que tu fichais ? Pourquoi cet idiot d'inspecteur n'a pas les clés de ces putains de menottes ? Qu'est-ce que ça veut dire, ce cirque ?

Giuseppe était sur le seuil de la cellule, il agitait les menottes sous le nez du colosse rouquin. D'une main posée sur sa poitrine, ce dernier le repoussa au fond de la cellule. Sans ménagement.

— Hé ! Qu'est-ce qui te prend ? Je plaisantais, Malloy ! Je suis sacrément content de te voir et que tu me sortes d'ici.

Malloy repoussa posément la grille derrière lui. La cellule avait une taille normale, il arrivait que trois ou quatre personnes y soient détenues, en attendant d'être transférées ou interrogées. Avec Malloy à l'intérieur, elle semblait tout à coup minuscule. Giuseppe sentit même à la seconde à quel point l'air s'y était raréfié, quand le géant fit un pas vers lui. Le souffle lui manqua.

— Qu'est-ce qui te prend ? répéta-t-il, d'une voix beaucoup moins véhémente, assourdie par la peur.

Le rouquin ne répondit pas, et évita son regard. Dans la quasi-obscurité, sa peau habituellement très pâle luisait, empourprée. Ses oreilles décollées avaient l'air brûlantes de fièvre. Il sortit son poing de sa poche. Dans un déclic, la lame jaillit, luisante, pas encore empourprée, mais elle le serait avant longtemps…

Giuseppe Pascuoli écarquilla les yeux, s'emporta d'abord :

— Putain, Malloy, espèce de…

Puis parut comprendre. Supplia :

— Non ! Tu ne vas pas… Malloy…

L'instant d'après, il sursauta sous la violence du

coup. Bredouilla, incrédule, en voyant le poing fermé du géant pressé contre sa poitrine, et la lame était à l'intérieur, tout entière… Plantée jusqu'à la garde.

Enfin il se cramponna, de toutes ses forces, qui brutalement s'en allaient, le trahissaient. Mais en vain. La lame fichée dans sa poitrine ne recula pas. Le poing de Malloy, au contraire, tourna, força. D'un coup, les jambes du vieux parrain se dérobèrent, ses petits yeux se révulsèrent, un peu de bave tomba de ses lèvres sur sa chemise, et lorsque le rouquin le repoussa, d'une secousse, il s'effondra sur lui-même, sur le sol sale, sans même une dernière plainte.

Après quoi, Malloy quitta le sous-sol en évitant de regarder l'inspecteur Dawson, qui attendait sur le palier le moment d'aller refermer la cellule à clé.

Malloy sortit sans se faire remarquer du Q.G. du F.B.I., par un escalier de service et une porte dérobée. Il jeta le cran d'arrêt dans une bouche d'égout et sortit son portable. Sa paume était encore moite, son visage encore rouge. Le Viking répondit à la deuxième sonnerie.

— Voilà, fit le rouquin, essoufflé comme s'il venait de courir dix miles.

— On t'attend au même endroit, il y a du nouveau, annonça Henrik, et il raccrocha sans lui laisser le temps d'en placer une.

Malloy avait envie de rentrer chez lui, de se soûler à mort, en s'abstenant de faire le compte des années durant lesquelles il avait consciencieusement exécuté les basses œuvres de Giuseppe Pascuoli. Au lieu de quoi, il marcha jusqu'à la Quatrième Rue, la prit vers le sud jusqu'à un parking public.

La Bentley du Viking était garée sur le même emplacement qu'un peu plus tôt en fin d'après-midi, quand ils s'étaient rencontrés une première fois. Mais à côté se trouvait un TrailBlazer Chevrolet version longue, avec à l'intérieur deux hommes, qu'on avait peine à distinguer à travers les glaces fumées. Le Viking et Dolorès Rincon étaient debout dans la travée, en train de discuter. Ils se turent à l'arrivée de Malloy. Le regard noir et brillant de la Mexicaine mettait le rouquin mal à l'aise. Il fixa le blond Henrik.

— C'est fait, dit-il, le souffle oppressé.

— Dawson ? s'inquiéta le Viking.

— Mouillé jusqu'au cou, répondit Malloy.

— Parfait ! dit Dolorès. On peut compter sur toi… Ce serait encore mieux si Cruz donnait signe de vie.

Malloy les regarda tour à tour. Ses nouveaux maîtres…

Il attendit la suite. Dolorès reprit :

— Don Alfredo a une adresse en dehors de Las Vegas. Tu sais où exactement ?

Ni l'un ni l'autre ne se donna la peine de fournir à Malloy une explication. Mais Don Alfredo, après Giuseppe, c'était dans l'ordre des choses. Table rase du passé…

Malloy rougit sous le regard de Dolorès, déglutit et lâcha :

— North Las Vegas, Shadow Creek.

— Je savais bien que tu la connaissais, fit le Viking d'un air de triomphe.

— C'est Monsieur Pascuoli qui voulait la connaître, alors il m'a…

— C'est bon, Malloy, le coupa la Mexicaine. Tu viens avec nous.

Elle ouvrit la portière arrière du Blazer. Lui fit signe de monter. Malloy reconnut Chico au volant. L'autre homme, assis derrière, s'appelait Esteban. Il accueillit le nouveau venu d'un ricanement :

— Bienvenue, Malloy. T'as choisi ton camp. Tu as bien fait, parce que Bugsy n'est plus dans la course…

CHAPITRE XIV

Bugsy descendait lentement l'escalier en tenant Nancy Landrake plaquée contre lui, le canon du Ruger pointé sur sa tempe. Il n'avait pas pour autant lâché le P.-M. Skorpio récupéré dehors sur le corps d'un des porte-flingues. Le bras autour du cou de la jeune fille, la main tenant le Skorpio sur sa poitrine, Bugsy était encombré. Il avait aussi les narines dilatées, des restes de poudre blanche sur la lèvre supérieure, et la cicatrice décolorée de son menton barrait sa figure d'un trait livide.

Bugsy descendait marche après marche avec d'infinies précautions, les yeux écarquillés et le souffle haché. Il avait peur. Littéralement, il suait de trouille. Il avait laissé ses hommes faire le sale travail, et s'était glissé à l'étage après être entré par la porte-fenêtre de la cuisine. Avec la ferme intention de remettre la main sur leur otage et de reprendre les choses par le bon bout, une fois refermée la parenthèse du Grand Fumier.

L'épisode de la grenade l'avait jeté à plat ventre, bien qu'il fût parvenu à l'étage, et convaincu que le sort de l'ennemi était réglé. En devinant la suite, puis en découvrant le Grand Salopard bien vivant, et même seul vivant au rez-de-chaussée, il avait cru halluciner. De quoi ce type était-il fait ? Il s'était précipité dans la première chambre, avait foncé sur Nancy Landrake, lui avait arraché des mains le téléphone, avant de l'entraîner sur le palier.

Son plan était simple : quitter la villa de Shadow Creek aussi rapidement que possible, en évitant de croiser le rescapé du carnage. Parce que c'était le diable en personne... Bugsy en avait les tripes nouées, il voulait décamper et la pincée de poudre qu'il s'était envoyée dans les naseaux lui faisait grimper le pouls à 200...

Mais Bugsy avait aussi un gros revolver dans une main, un pistolet-mitrailleur dans l'autre, et pour protéger sa retraite, une malheureuse otage... Malheureuse, mais fille de sénateur ! Un argument auquel son adversaire était sensible...

Moyennant quoi, Bugsy fanfaronnait, menaçait, hurlant dans la villa à l'intention de l'Exécuteur :

— Le Grand Fumier ! La légende vivante ! A ma pogne ! Doux comme un agneau ! Tu poses tes armes et tu n'es plus rien, salopard ! Tu vas ramper devant Bugsy, avant de cracher ton dernier souffle et de crever comme n'importe quel connard !

Ils se faisaient face, à présent. Le Guerrier devant la montée d'escalier, campé dans l'espace où le hall d'entrée se resserrait. Calme, absolument froid à l'intérieur, le rythme cardiaque ralenti, en attendant la décharge d'adrénaline de l'action...

Bugsy était adossé au mur, dans le tournant du bas de l'escalier, à trois marches du dallage de marbre du rez-de-chaussée. A présent qu'il voyait l'Exécuteur, il serrait plus fort Nancy Landrake contre son torse. La poignée du Skorpio sur la gorge, le canon sous le menton, elle respirait avec difficulté, le visage levé, bouche entrouverte. Juste au-dessus de son front en sueur, la bouche de Bugsy postillonnait en butant sur les mots :

— Tes flingues ! Pose tes armes ! Où elles sont ? Par terre ! Le gros calibre… je veux le voir ! Doucement… pose-le par terre très doucement ! Et recule ! Recule, je te dis !

Bolan s'accroupit et obéit. Il déposa l'Automag à ses pieds, épiant le bras droit de Bugsy, la main qui tenait le revolver. Le bras pendait le long du corps, le Ruger Redhawk restait plaqué contre la cuisse. Un pilier dans la ligne de mire de Bugsy gênerait sa visée, si Bolan pouvait se décaler de deux pas vers le hall. Il en risqua un, en se redressant, sans s'attirer les foudres de Bugsy. Le pourri avait trop de souci pour maintenir efficacement son bouclier devant lui pour se servir du Skorpio. Lequel ne lui faisait pas plus d'usage que s'il se fût agi d'un bâton…

Alors que Bolan était à sa merci… Le Grand Fumier, la hantise des cannibales depuis tant d'années et sous tant de latitudes. Que n'auraient-ils donné, tous les criminels dont l'Exécuteur gâchait les nuits, pour, à la place d'Eddie Zarmach, *pistolero* à la solde du Crime organisé de Las Vegas, tenir en joue leur cauchemar vivant ?…

Pas un qui n'eût tiré, à la place de Bugsy, sur l'homme qui reculait, les mains vides, vers le hall. Bugsy lui-même aurait ri, méprisant, de voir le porte-flingue uniquement préoccupé de se protéger derrière une donzelle blonde, au lieu de bravement vider le chargeur du Skorpio sur un homme désarmé. Bugsy aurait accablé de sa morgue ce double empêtré. L'imbécile ! La poule mouillée ! Ne pas profiter d'une occasion pareille !

Sauf que les circonstances montraient Bugsy sous son vrai jour, de lâche. Que le sort subi par ses complices l'avait tétanisé de frousse, et qu'il s'étourdissait de mots pour oublier qu'il avait l'avantage, qu'il lui suffisait d'un geste pour abattre la Grande Salope…

— Tu m'as raté deux fois, tout à l'heure ! éructa-t-il. Je suis ta bête noire ! Ton porte-malheur ! Pose l'autre flingue. Pose-le doucement, gentiment…

Il descendit une marche supplémentaire, oscilla en se décollant du mur. Nancy Landrake, à moitié étranglée par le canon du Skorpio, toussa et porta instinctivement ses mains à sa gorge. Son pied ripa au bord de la marche, elle perdit l'équilibre, basculant vers l'avant, tandis que Bugsy la retenait.

Il y eut, durant quelques fractions de seconde, un flottement dans la concentration du tueur. La sensation que la fille lui échappait, qu'il allait devoir s'expliquer vraiment avec l'homme qui se dressait en face de lui, le fit paniquer. Il voulut tout faire à la fois : rattraper la blonde, braquer le Skorpio, libérer son bras droit et lever le Redhawk… Il effectua chaque geste à moitié, au lieu d'un seul efficacement.

Les nerfs tendus à se rompre, le Guerrier n'hésita pas. Il interrompit son mouvement à mi-chemin du sol et braqua le Beretta en bloquant sa respiration. Il n'avait pas le droit de se tromper, pas dix centimètres de marge. Nancy Landrake aurait peur, c'est sûr, mais ne risquait pas, dans sa position, de remonter les deux marches qui l'auraient mise à hauteur de Bugsy. Même pas la première…

Pour ne pas la toucher, il fallait viser la tête. Et faire mouche du premier coup.

Le Ruger se releva en même temps que le Beretta, les deux détonations se chevauchèrent. Celle du revolver était la plus forte, mais l'intensité du bruit ne garantit pas la précision du tir… Eddie « Bugsy » Zarmach y ajouta un cri. De surprise et de dépit. De rage et de défaite.

Le Beretta aboya une seule fois. Une seule balle, comme jadis, au temps où Bolan délivrait son message unique de sniper dans les rangs ennemis. La balle de 9 mm entra dans l'œil droit de Bugsy, avec une trajectoire de bas en haut qui lui fit éclater le cerveau et provoqua la mort instantanée.

Le projectile de .357 Magnum du Redhawk du pourri ricocha à mi-hauteur sur le pilier de l'escalier et fracassa un vase sur un guéridon, de l'autre côté du hall.

Le Skorpio n'avait pas plus servi qu'un vulgaire bout de bois, et Nancy Landrake avait eu tellement peur qu'elle s'était évanouie.

Bolan la souleva et la déposa sur un divan, non loin du guéridon. Le vase était vide de fleurs. Bugsy n'en méritait aucune. Son corps glissa de guingois sur les marches, tête la première.

Bugsy Siegel était mort ainsi, soixante ans plus tôt, d'une balle dans l'œil, dans un patelin perdu dans le désert et nommé Las Vegas, qu'il avait transformé en capitale du jeu, pour le bénéfice de la Mafia.

— Je t'ai raté deux fois mais pas trois, dit Bolan en guise d'oraison funèbre, avant de rouvrir la porte de la villa.

A peine avait-il respiré la douceur de la nuit embaumée par les massifs que des phares et un bruit de puissant moteur annoncèrent l'arrivée de nouveaux visiteurs.

Le sénateur Landrake sortit le premier de la Cadillac Escalade, quand celle-ci eut contourné le Hummer H2, le Ford Transit et le taxi qui encombraient l'allée menant à la villa. A mesure qu'il enjambait les cadavres, dans la lueur des phares, il ralentissait le pas et devenait blanc comme un linge. Depuis l'appel de Nancy sur son portable, il avait tenté en vain de rappeler sa fille.

Quand il parvint dans le hall, au pied de l'escalier, et la découvrit dans un coin, étendue sur un divan au milieu des éclats de verre, il la crut morte elle aussi, et cria en se précipitant :

— Nancy ! Oh, mon Dieu !...

Mais la jeune fille se redressa comme un automate, écarta ses cheveux blonds de son visage et l'observa d'un air hébété.

— Je suis désolée, Papa…

Il la serra contre lui et l'entraîna, jetant au passage un regard horrifié au cadavre d'un homme qui lui rappelait quelqu'un. Borgne, Bugsy était encore reconnaissable.

— Il a voulu me tuer, murmura Nancy en tremblant.

— C'est Eddie Zarmach, murmura le sénateur à l'adresse de Pat Garfield et Jimmy Deacon, qui l'avaient rejoint.

Plus loin, en enjambant le corps étendu près du seuil, il ajouta :

— Et lui, Marcus Lipheimer, l'homme du syndicat des employés des casinos… C'est incroyable !

Tom Garfield arrivait à son tour. Il désigna un cadavre gisant sur le gravier, la gorge transpercée, en plus de blessures diverses.

— Alfredo Monti, dit-il d'une voix blanche.

L'homme d'affaires avait écouté avec mépris Tom Garfield, six mois plus tôt, lui exposer les raisons pour lesquelles il ne voulait pas de son projet de golf dans le désert.

— Une des plus grosses fortunes de Las Vegas, bredouilla Tom comme si cela aurait dû suffire à protéger Don Alfredo des balles…

Pat Garfield lui jeta un coup d'œil noir et constata sèchement :

— Il me semble que le consortium Water for Vegas a perdu ce soir quelques-uns de ses piliers, sénateur…

Le shérif Jimmy Deacon revint vers eux après avoir

fait le tour de la villa. Il ôta son Stetson, se gratta le crâne en grimaçant, là où la douleur persistait, et remit son chapeau avant de déclarer :

— C'est encore pire de l'autre côté… Un vrai carnage.

— Et pas un seul survivant ? demanda Pat Garfield en écarquillant les yeux.

— Pas un seul !

Tom Garfield jura, incrédule. Le sénateur Landrake fronça les sourcils et regarda sa fille.

— L'homme qui te protégeait…, commença-t-il.

— Il a posé son gros pistolet par terre, j'ai cru qu'il me laissait tomber…, répondit Nancy d'une voix sans timbre, en revivant la scène. Cet homme affreux me tenait contre lui, il me faisait mal… L'autre a tiré quand même, j'ai…

Elle se pressa contre son père et se mit à pleurer en silence.

— Tu devrais emmener mademoiselle et son père à l'hôpital, Tom, dit le shérif à Tom Garfield. Elle est choquée…

— Après, je ne me rappelle plus, j'ai tourné de l'œil…, dit encore Nancy Landrake tandis que tous l'accompagnaient vers la Cadillac. Où est-il ? Il m'a sauvé la vie… Je veux le remercier…

Mais elle avait beau regarder partout autour d'elle, l'homme qui l'avait tirée des griffes du tueur fou ne se montrait nulle part.

— Il est mort, lui aussi ?

Les autres se regardèrent. Neuf cadavres et pas un survivant…

C'est Jimmy Deacon qui répondit :

— Je ne crois pas, miss Landrake. A mon avis, il est vivant, mais il ne nous a pas attendus…

Le sénateur installa sa fille à l'arrière et sortit son portable. Il indiqua à Tom Garfield en prenant place dans la Cadillac :

— Le Lake Mead Hospital n'est pas loin, en bas dans la vallée.

Il se tourna vers Jimmy Deacon et ajouta :

— J'appelle le F.B.I., ils doivent être toujours chez moi.

— On les attend, acquiesça le vieux shérif en prenant à l'arrière de l'Escalade un sac en toile qu'il tendit à Pat Garfield avec un clin d'œil.

L'Exécuteur était au volant du Touareg, garé au coin d'une impasse un peu plus haut que la propriété d'Alfredo Monti, quand la Cadillac Escalade ressortit et vira vers Las Vegas. A la lueur du tableau de bord, il composa sur le portable acheté en début d'après-midi à l'aéroport le numéro que le shérif Deacon avait appelé sur le mobile de Jack Grimaldi. Une voix assurée répondit.

— Sénateur Landrake ? demanda Bolan.

— Oui ? Qui… ?

— Votre fille va bien, sénateur, rien de cassé ?

— Qu'est-ce que… ? Oh… Je vois.

Landrake comprenait vite.

— Tout va bien, mais elle est un peu choquée, répondit-il. Je l'emmène à l'hôpital.

— Le shérif Deacon est avec vous ?

— Non, il est resté là-haut avec miss Garfield, pourquoi... ?

Bolan l'interrompit à nouveau :

— Je suis en possession d'un document que m'a remis cet après-midi le juge Franklin Ashton, sénateur. Les personnes citées sont à présent hors d'état de nuire. Du moins, la plupart...

Il y eut un silence, puis Landrake rectifia, d'une voix beaucoup moins assurée :

— Vous voulez dire que les personnes nuisibles ne sont plus à même de poursuivre leurs actions néfastes, c'est cela ?

— Exactement, sénateur, et les autres n'ont donc pas de souci à se faire. Le juge Ashton en aurait été satisfait, je crois. Il avait de l'estime pour vous.

Nouveau silence, puis Landrake dit dans un souffle :

— Je vous remercie infiniment, monsieur. Je tâcherai de m'en montrer digne. Mais si je peux...

Le sénateur s'interrompit. Cette fois, la communication avait été coupée.

Il était 21 heures. L'Exécuteur appela un autre numéro. Jack Grimaldi répondit aussitôt.

— Striker ! Ça va ?

— Pas de problème, Jack, tout baigne ! Je me disais que prendre un verre avec un ami dans un endroit calme et reposant...

En arrière-plan sonore, Bolan reconnut le cliquetis caractéristique de toutes les salles de jeu. Casino. Machines à sous à perte de vue...

— Mais je ne voudrais pas te déranger, Jack…

Le pilote se mit à rire.

— Tu entends ? La douce musique du Strip !

— Tant pis, Jack, une autre fois.

Jack se récria :

— Hé, Striker, qu'est-ce que tu crois ? Je viens de déposer des touristes au Planet Hollywood et j'ai fini ma journée…

— Je croyais que tu leur faisais survoler le Grand Canyon. Tu fais aussi le taxi ?

— Ça m'arrive. Je me proposais justement d'aller dîner. Un endroit tranquille, sur Rainbow Boulevard Sud. Je t'invite !

— O.K., mais je suis à North Las Vegas, laisse-moi le temps d'arriver.

— Je t'attends là-bas.

Jack lui donna l'adresse, ajouta :

— C'est tout près de McCarran…

— C'est parfait, Jack, je crois que j'ai un avion à prendre, ensuite…

— Je vois… A tout à l'heure, Striker.

Bolan démarra. Il allait repartir, quand un gros SUV noir montant Gowan Road en face de lui traversa brusquement la chaussée pour s'engouffrer dans la propriété d'Alfredo Monti.

Chevrolet TrailBlazer. La dernière fois que Bolan en avait vu un en version longue, c'était entre le Rimini et la Casa Goya, quelques heures plus tôt…

Le Touareg resta collé au trottoir et le Guerrier en descendit pour franchir à nouveau à pied le haut portail demeuré ouvert.

CHAPITRE XV

Alors qu'il se glissait entre les massifs, le Guerrier entendit gronder puis s'éteindre un moteur, après quoi des exclamations se croisèrent, et enfin des cris. Il était trop tard pour avertir le shérif et Patricia Garfield. Bolan accéléra, courant parallèlement à l'allée, le Beretta au poing.

Le Blazer s'était arrêté en travers du chemin à hauteur du Hummer H2. Bolan le contournait quand une silhouette s'en détacha, les bras chargés. Un type petit et sec, au type mexicain prononcé. Sans doute préposé à la collecte des armes abandonnées sur le champ de bataille, car il en avait plein les mains, et s'apprêtait à les déposer dans le Chevrolet. Du coup, il hésita, ne sachant laquelle braquer sur l'intrus.

Le poing de Bolan, projeté en direct à la mâchoire, dans l'élan de la course, résolut son dilemme. Mini-Uzi, Skorpio, Glock ou Sig-Sauer… l'échantillon sinistre qu'il venait de rassembler s'éparpilla à nouveau sur le gravier.

Mais tous les chargeurs n'avaient pas été vidés, les pourris ont toujours tendance à voir grand, à s'armer plus que nécessaire, pour pouvoir gaspiller les munitions et s'enivrer de leurs feux d'artifice. Un coup partit, une balle de 9 mm crachée de façon intempestive par un pistolet alla s'incruster dans une carrosserie.

Presque en écho, une autre détonation retentit, du côté de la villa, et des cris qui ne présageaient rien d'heureux. Abandonnant le porte-flingue inconscient et son butin, Bolan repartit au sprint.

Sur le côté du parc donnant sur le désert, le couvert des arbres rendait l'obscurité plus dense, où se discernaient les formes régulières des massifs de fleurs. Leurs senteurs s'exhalaient avec la nuit, leurs couleurs se confondaient dans un violet encore empreint des derniers feux du crépuscule. La silhouette rouquine qui jaillit au-devant de l'Exécuteur à l'angle de la maison ne pouvait pas cependant se faire passer pour un jacaranda en fleur, bien qu'elle tentât d'en imiter la stature.

— Chico ? Qu'est-ce que tu fous ?

Le géant écarlate qui grommelait en venant aux nouvelles percuta Bolan et ce fut comme la collision de deux trains. Le plus lourd avait des bras comme d'énormes tentacules. Passé la surprise du choc, il s'en servit pour étouffer sa proie.

Le souffle coupé, Bolan se sentit soulevé de terre. Beaucoup trop proche de lui, la face du rouquin, agrémentée de part et d'autre d'oreilles décollées larges comme des éventails, se congestionnait sous l'effort. Le coup de tête que décocha l'Exécuteur fit craquer des cartilages, gicler du sang frais et gronder la colère, dans la poitrine à la dureté d'enclume. La feuille de chou qui passait à portée des mâchoires du Guerrier n'était pas spécialement appétissante, mais constituait le point le plus faible de la cuirasse. Elle était solidement accrochée, mais les dents qui s'y plantèrent l'étaient aussi. Le colosse poussa un hurlement, lâcha prise et recula, les yeux fous. L'appendice sanguinolent à demi arraché pendait sur sa tempe. Le réflexe d'y porter la main laissa au Guerrier le temps d'emplir d'air ses poumons, d'assurer son équilibre. Il braqua le Beretta qu'il n'avait pas lâché. Le picotement du sang se remettant à circuler était délicieux. L'index le démangeait.

Le rouquin ne voulait rien entendre. Il revint à la charge et son front heurta le canon. Dans son regard, aucune promesse d'armistice. Une lueur meurtrière. Tueur enragé n'a pas d'oreilles… !

— Malloy ? appela une voix inquiète, sur le côté. C'est moi, Henrik…

Malloy tourna vivement la tête. Exposa son oreille intacte. Bras tendu, Bolan pressa la détente. L'homme blond qui s'avançait avec circonspection dans l'obscurité, et s'annonçait de crainte de récolter une balle perdue, reçut dans la figure et sur son élégant costume des débris de chair et d'os, une charpie d'oreilles ornées de poils roux, des horreurs gluantes, dans des éclaboussures de sang. Un peu de matière grise aussi, discrètement mêlée à de la cervelle de brute…

Le Viking sursauta et leva les bras. Ôta au passage de sa pommette un cataplasme de bouillie rougeâtre.

— Combien encore, avec toi ? questionna le Guerrier à voix basse.

Le canon du 93-R faisait loucher le roi des bandits manchots.

— Dolorès et Esteban, mais les autres sont armés, répondit précipitamment le pourri.

Pour attester qu'il n'inventait rien, une salve éclata sur l'arrière de la villa. Shadow Creek avait décidément du mal à préserver sa tranquillité, ce soir. Fusil à pompe gros calibre, reconnut Bolan. Pour la chasse au gros gibier dans les montagnes du Nevada, comté de White Pine, par exemple…

Il fit signe à Henrik Bergen de faire demi-tour et d'avancer vers le théâtre des dernières opérations.

Une voix s'éleva, ferme et comminatoire :

— Le F.B.I. est en route, vous n'avez aucune chance de vous en tirer. Posez vos armes !

Le shérif Jimmy Deacon devait, dans ses montagnes, éviter de nombreuses morts inutiles, en usant avec conviction d'arguments raisonnables. Une décharge de calibre 12 d'abord, pour fixer le cadre de la discussion et impressionner les timides. Puis une invitation à la reddition immédiate des récalcitrants. Avec les voleurs de bétail, les ivrognes ou même les braqueurs d'épicerie, ça devait marcher presque toujours. Mais à Las Vegas, les recettes du shérif n'opéraient pas. Dans la cité du vice, il l'avait dit lui-même, il n'y avait que pacotille, jeu et filles. Et aussi de vrais méchants, des cannibales qu'aucun argument raisonnable ne ferait reculer, s'ils avaient encore le moyen d'assouvir leur appétit criminel.

La réplique prit la forme d'un double tir de pistolet automatique, et fut suivie d'un cri déchirant.

Bousculant le Viking d'une bourrade, Bolan déboucha au coin de la terrasse à l'instant où le Stetson du shérif Deacon roulait sur les dalles.

Leonora Landrake avait compris que son mari et Pat Garfield ne viendraient pas, et elle était retombée dans sa prostration.

Dans le salon, l'agent spécial Brian Nichols recevait sans arrêt des appels sur son portable, poussait des exclamations furieuses ou incrédules. Le Q.G. d'Union Park lui avait appris la mort violente, à l'arme blanche, de Giuseppe Pascuoli. Dans sa cellule fermée à clé ! Leonora Landrake s'était bouché les oreilles pour ne pas devenir dingue, à force d'endurer les vociférations du policier. Pourtant, elle ne bougeait pas de son siège.

Elle aurait voulu se confier à l'agent du F.B.I., prendre le temps d'expliquer les choses, mais Nichols était pressé, à cran. Il déambulait dans la pièce, parlait d'un inspecteur Dawson que les hommes du F.B.I. avaient trouvé rôdant dans leurs locaux.

— Gardez-le au frais ! avait rugi Nichols. Je m'en occuperai moi-même !

Leonora Landrake connaissait ce nom, Dawson. Elle s'était mise à pleurer en entendant celui de sa fille Nancy. Mais le coup de fil suivant apporta de bonnes nouvelles, Nancy était avec son père. A l'hôpital…

— C'est bon, monsieur le sénateur, disait Nichols, nous arrivons, je préviens mon collègue. Lake Mead Hospital… Votre fille… ?

Nichols écouta, en se retenant de couper la parole au sénateur. Il y avait pourtant de quoi… La communication terminée, il appela Mike Evans.

— Mike ? La fille est saine et sauve, son père vient de me prévenir. Lake Mead Hospital, on se retrouve là-bas ?

Evans avait renoncé à poursuivre la Cadillac Escalade. Il avait reçu d'autres nouvelles, que Nichols ne lui laissa pas le temps de détailler, expliquant rapidement :

— Elle a été emmenée dans une villa de North Las Vegas, à Shadow Creek. Landrake n'est pas bavard, il nous en dira plus tout à l'heure. Elle prétend avoir été secourue par un type seul, habillé tout en noir…

— Encore lui ! s'écria Evans.

Le Rimini, Topaz Street, et maintenant Shadow Creek.

— Ce type est infernal, si c'est le même !

Nichols acquiesça et faillit ajouter : « Il abat du boulot ! »

— Il y a eu un massacre au lac Mead cet après-midi, annonça Evans. Une jonchée de cadavres sur la route de Boxcar Cave… Des potes de Bugsy.

Cette fois, Nichols resta sans voix.

— Un shérif, Estaban ! Qui est-ce ? questionna Dolorès Rincon, en montrant le corps étendu.

Elle désignait, du canon de son Heckler & Koch P10, l'étoile agrafée sur la poitrine de Jimmy Deacon. Touché dans le dos, le shérif s'était effondré sur la terrasse, lâchant le fusil à pompe Beretta calibre 12.

Patricia Garfield poussa un cri et se précipita vers lui, s'avançant à découvert. Elle tenait un revolver. Alors qu'elle se penchait, Esteban surgit de l'abri d'un massif, sur le côté, et se rua sur elle. Il la déséquilibra d'un coup de poing à l'épaule. Ecartant le fusil d'un coup de pied, il saisit le poignet de la jeune femme et le tordit. Le Smith & Wesson tomba à terre.

Pat Garfield étouffa un cri de douleur et se débattit.

— Bouge plus ou je te brûle ! cria le Mexicain.

Il pointait sur la tête de la jeune femme un .38 Special. A genoux sur les dalles, Pat Garfield resta immobile, les poings serrés. Dolorès s'approcha à grands pas et la gifla à la volée.

— C'est qui ? répéta-t-elle.

Pat Garfield releva la tête et lui fit face sans répondre.

C'est le blessé, en se recroquevillant sur le dallage, qui répondit :

— Jim Deacon, shérif d'Ely, comté de White Pine !

Il y avait du défi dans son ton, malgré le tremblement de sa voix. La balle lui avait transpercé l'épaule.

— Putain de ploucs d'Ely ! cria Dolorès. Et toi, tu es qui ?

La question s'adressait à la jeune femme. Le canon du H&K s'agita avec impatience, lui égratigna la pommette. Elle répondit :

— Patricia Garfield…

La Mexicaine parut interloquée, puis s'exclama :

— La fille Garfield qui nous pourrit la vie avec ses

bêtes, son comité de défense, ses avocats ! Bordel ! Tu es venu à Vegas avec tes ouailles, shérif ! Qu'est-ce que vous fichez ici, chez Monti ?

— Le F.B.I., glissa Esteban, ils vont se pointer…

Dolorès parut à deux doigts de faire feu sur le blessé, se ravisa. Un sourire retroussa ses lèvres sur ses dents brillantes.

— Ils s'occuperont de lui ! On emmène la gardienne de vaches ! Lève-toi ! Et pas de conneries, hein ?

Pat Garfield la dominait d'une tête. Dolorès la toisa et siffla entre ses dents.

— Quelle classe ! grinça-t-elle. Tu venais jouer à la roulette, sapée comme ça ?

Pat Garfield soutint son regard sans répondre. Dolorès haussa les épaules et assura :

— Tu vas te dégeler, ma belle, on va faire connaissance, toutes les deux. Parler posément affaires !

Elle lança en se tournant vers l'angle de la terrasse :

— Henrik ? On s'en va, qu'est-ce que tu fiches ?

Etranglé dans la saignée du coude de Bolan, le Viking émit un grognement. Il avança d'un pas. Le Beretta 93-R braqué sur sa tempe dévia vers le groupe. La scène se figea.

L'Exécuteur attendait ce moment en retenant son souffle et en empêchant Henrik de trahir leur présence.

Enfin, Patricia Garfield n'était plus dans sa ligne de mire. Il pressa la détente avant que les autres soient revenus de leur surprise. Esteban s'était écarté des deux femmes pour ouvrir la marche. Il avait abaissé son arme et se tenait de profil. La balle l'atteignit à la base du crâne et l'envoya dinguer dans le massif pourpre d'où il avait surpris le shérif Deacon. Il n'eut même pas le temps de pousser un cri.

Le réflexe de Dolorès fut inattendu, son sang-froid sidérant. Et son souci d'épargner son associé, nul...

Elle fit volte-face, dents serrées, et coucha en joue les deux hommes. Bras tendu, légèrement fléchie sur les jambes, elle était comme au stand et les visait. Henrik Bergen grogna encore, pour la dissuader de tirer, lui signifier que c'était lui. Elle l'avait reconnu, sans aucun doute, mais elle tira néanmoins. Deux fois. Le premier projectile ricocha en sifflant sur l'angle du mur, y arrachant de la brique qui s'éparpilla sur leurs têtes. Le deuxième frappa le Viking en pleine poitrine.

L'Exécuteur ressentit dans ses muscles bandés l'impact de la balle de 9 mm s'enfonçant dans le corps qu'il maintenait devant lui. Il éprouva le sursaut de l'homme, impuissant à contenir les ravages de l'ogive mortelle. Il sentit même monter la plainte de douleur qu'il expulsait en même temps que l'air de ses poumons. Puis le corps mollit, glissa, s'affaissa. Le Guerrier rectifia la visée, eut Dolorès dans sa ligne de mire. Elle ne lui laissait pas le choix. Elle allait tirer une troisième balle. Un ultime tressaillement du Viking retarda Bolan, et bien lui en prit, car Pat Garfield sauta sur la Mexicaine à l'instant où il allait presser la détente du Beretta.

De surprise, Dolorès trébucha et chuta de côté, criant de douleur quand son poignet armé toucha le sol et que l'articulation céda. L'automatique lui glissa des doigts. Pat Garfield l'avait frappée à la base du cou, la ceinturait. Elle était forte, sportive, et surtout animée d'une rage irrésistible. Elle balaya le pistolet, saisit la Mexicaine à bras-le-corps.

Enjambant le corps sans vie du Viking, Bolan accourut, mais ne se risqua pas à tirer, dans la mêlée qui suivit. Pat Garfield avait le dessus et frappait à coups de poing, à la poitrine et au visage. Dolorès, à force de se tortiller, parvint à libérer son bras et à lancer ses griffes vers le visage de son adversaire. Elle rata les yeux, mais lacéra le cou et repoussa Pat Garfield sur le côté. Les deux femmes roulèrent l'une sur l'autre sur les dalles. Dolorès était plus menue, vive comme une anguille, plus vicieuse aussi. Elle mordait, griffait, et parvint à échapper à la poigne de Pat. Elle se redressa à demi, arma un coup de pied. Pat Garfield la plaqua à la taille et la rejeta en arrière. Emportées par leur élan, elles tombèrent dans la piscine !

Dans l'obscurité, un remous agita la surface de l'eau, des battements de bras et de pieds, des bruits de respiration haletante montèrent du bassin, puis Bolan distingua mieux la suite du combat, et devina l'issue. Son bras retomba.

A quelques pas du bord, un corps tendu, déterminé, s'appliquait de toutes ses forces à en maintenir un autre au fond. Pesait de tout son poids. Résistait à la poussée contraire du corps qui cherchait désespérément à émerger, pour inspirer un peu d'air. Un bouillonnement se produisit, qui aurait pu laisser croire à la réussite de celle qui tentait d'un ultime sursaut de sauver sa vie. C'est tout le contraire qui advint. Un brusque dénouement succéda au regain de tension, les vagues faiblirent en infime clapotis. La femme à demi hors de l'eau persista encore quelques secondes dans son effort, alors que toute résistance avait cessé, à l'extrémité de ses bras raidis. Puis elle repoussa loin d'elle, d'une ruade, le corps sans vie de son adversaire.

Une chevelure brune flottait sur la surface bleutée. Bras et jambes écartés, le corps dériva, entraîné par le léger courant jusqu'à l'extrémité du bassin. Construite en terrasse, face au désert, la piscine à débordement de Don Alfredo se déversait en contrebas sur un raidier de roche noire. La noyée resta un moment accrochée en bordure du muret, parut se gonfler du trop-plein, puis bascula de l'autre côté.

Ainsi disparut Dolorès Rincon, du clan des narcotrafiquants Guzman, de Ciudad Juarez.

Pat Garfield saisit d'une poigne ferme la main tendue de Mack Bolan et se hissa d'une secousse hors de l'eau. Hors d'haleine, elle dit seulement :

— Merci.

Le Touareg descendait les dernières pentes de Shadow Creek. Vers le sud, les lumières du Strip scintillaient. Elles brillent à Las Vegas vingt-quatre heures sur vingt-quatre.

A la bifurcation de Gowan Road, l'Exécuteur croisa une Impala suivie d'une Buick. Les agents du F.B.I. seraient à la villa dans quelques minutes, et le Lake

Mead Hospital envoyait une ambulance, pour le shérif. Jimmy Deacon avait non seulement le crâne dur, mais la carcasse solide. Il s'en sortirait.

Pat Garfield n'avait pas posé de questions à Bolan. Mais quand il lui avait dit : « Il paraît que par chez vous, les prairies sont magnifiques, en ce moment », elle avait souri, ce qui lui allait bien.

Tout en conduisant, il rappela sur le portable bientôt inutile un numéro ami. Jack Grimaldi s'exclama, la bouche pleine :

— Striker ! Tu en mets un temps ! J'ai commencé à dîner…

— Tu as bien fait, Jack, je suis désolé, mais j'ai été retardé, et il vaut mieux que l'on se retrouve à l'aéroport.

— Pas de problème, l'ami. J'y serai dans une heure et… je te ramène à la maison.

— Tu ne te lasseras jamais de ta plaisanterie, Jack !

— Bof ! C'est vrai que ta maison s'appelle « nulle part », mais je t'emmène où tu veux, avec qui tu veux.

Il y eut un blanc dans la conversation et puis Bolan, avant de raccrocher, précisa :

— Cette fois nous serons deux et nous remonterons vers le territoire du shérif Deacon…

Il se retourna vers la jeune femme et ajouta :

— Cela vous convient-il, mademoiselle Garfield ?

Pat ne répondit que par un timide hochement de tête et un silence paisible s'installa dans l'habitacle.

Mais le combat de Mack Bolan continue…

Le panneau d'aggloméré de la porte craqua et s'effondra vers l'avant, arraché à ses gonds sous l'effet du violent coup de pied de l'Exécuteur. Le Guerrier enjamba le battant tombé au sol, son Beretta 93-R tenu à bout de bras et avec dans la main le soutien d'une petite torche de combat. Il balaya l'espace devant lui de gauche à droite. Le puissant faisceau blanc illumina le chaos qui régnait dans lc mobile home. Il y régnait une odeur difficilement supportable de pourriture et d'ammoniaque et, tandis que Mack Bolan avançait dans l'obscurité, ses yeux se mirent à larmoyer.

Le Guerrier savait exactement ce qui l'attendait à l'intérieur. Des bidons de diluant vides s'amoncelaient en piles de quatre ou cinq avec des jarres de produits chimiques industriels, essentiellement d'acide chlorhydrique. Il y avait aussi d'autres barils, dont il ne pouvait identifier le contenu d'origine, et plusieurs palettes de bois cassées.

En avançant, Bolan heurta une table pliante, qui s'effondra en laissant tomber au sol des dizaines de boîtes vides d'un médicament bon marché contre les refroidissements.

C'est à proximité de la fenêtre que Bolan découvrit le premier corps.

Le mort portait un jean sale et un blouson de motard en cuir. Il était couvert de sang. Le haut de sa tête avait disparu et le carnage empêchait Bolan d'estimer son âge. Retournant le corps du bout de son ranger, le Guerrier considéra un moment le logo qui ornait le dos du blouson :

un crâne et un serpent stylisés plutôt classiques, entourés par les lettres « CNY Purists ». Ça ne lui disait rien. Sortant un petit appareil photo numérique d'une poche de son costume sombre, Bolan en prit quelques clichés. L'équipe du Ranch saurait bien trouver des infos sur ce gang.

Il rejoignit le long d'un étroit corridor ce qu'il supposait avoir été une chambre. Le sol de celle-ci était couvert de réchauds, de bouteilles de déboucheurs, de tubes de plastique divers, de bidons métalliques et de verre cassé. Les vapeurs d'ammoniaque y étaient si fortes que Bolan dut faire machine arrière. Il vit alors dans le faisceau de sa torche que la cloison auréolée d'humidité avait été trouée par des balles en plusieurs endroits.

Il y avait une deuxième chambre au bout du couloir. Comme le reste du mobile home, elle était dans un désordre indescriptible, mais celui-ci avait quelque chose de plus domestique. Il s'agissait principalement de vêtements sales et de bouteilles d'alcool vides. Au milieu d'un tas de cartouches usagées, il y avait un fusil à pompe à canon scié ouvert et non chargé. La lampe de Bolan éclaira les impacts de chevrotine qui émaillaient les parois et même le sol dans la chambre et le couloir. On y voyait également plusieurs trous assez grands pour avoir été causés par des balles de calibre .44 ou .45.

Il y avait deux corps étendus au sol. L'un appartenait à un homme aux cheveux longs sans chemise, portant un pantalon de cuir et des bottes à bouts ronds. L'autre à une femme à demi nue allongée au pied d'un berceau.

Bolan serra les mâchoires. Il manquait des barreaux au berceau et sa peinture s'écaillait. Il était contre le mur sous l'unique fenêtre que comportait la pièce, la seule du mobile home à ne pas être couverte de plastique noir.

Un de ses pieds manquait et il était posé sur un morceau de parpaing. Il y avait des couvertures tachées de sang dedans et le mur derrière, visible à travers les barreaux de l'autre côté, avait été troué en trois endroits par des balles de gros calibre.

La femme sur le sol devant le berceau tenait dans ses doigts sans vie un revolver à canon court calibre .38. Elle avait des traits émaciés et des cernes noirs et profonds sous les yeux. Autant que Bolan pouvait en juger, elle n'avait pas de dents. Sa poitrine était couverte de sang et on lui avait tiré dessus plusieurs fois.

S'armant de courage, le Guerrier se releva et s'approcha du berceau.

Le bébé avait reçu au moins une balle, peut-être deux.

Ses yeux bleu de glace rendus plus pâles encore par la colère, Bolan considéra le petit corps de la victime innocente.

C'est alors que la fenêtre vola en éclats. Quelque chose de lourd et de métallique rebondit sur le lit défait et ensanglanté avant de tomber par terre et de rouler pour s'arrêter aux pieds de Bolan.

Une grenade.

Achevé d'imprimer en octobre 2008

BUSSIÈRE
GROUPE CPI

à Saint-Amand-Montrond (Cher)

— N° d'imprimeur : 81529 —
— N° d'éditeur : Ex. 256—
Dépôt légal : novembre 2008.

Imprimé en France